蝶々結びの恋

御堂なな子

幻冬舎ルチル文庫

CONTENTS ✦目次✦

蝶々結びの恋

✦カバーデザイン=小菅ひとみ(CoCo.Design)
✦ブックデザイン=まるか工房

イラスト・鈴倉 温✦

蝶々結びの恋

1

月曜日の全校朝礼。上履きの足に、体育館のバレーコートのラインが描かれた床から、冬の朝の寒さが這《は》い上ってくる。

マイク越しの校長先生の声が響く中、整列した生徒たちの片隅で、佐原草《さはらそう》は、ふわ、と小さくあくびをした。

「三学期はインフルエンザの流行《はや》る季節柄、健康に気を付けましょう」とか、確か先週も似たような話を保健室の先生がしていた気がする。校長の長い話に退屈しきっていた草は、暇つぶしをするために、先生たちの列の方を眺めた。

（山川《やまかわ》の奴、眠そう）

草の二年二組のクラス担任である山川先生は、昨夜授業の準備でもしていたのか、目をしょぼつかせていた。

教師になってまだ数年の彼は、草を含めた数学嫌いの生徒たちに、何とかテストの点を上げてやろうといつもがんばっている。頼れる兄貴というより、天然の入った熱血キャラで、クラスではとても慕われているのだ。

草の両目は、自然と担任の左手に吸い寄せられた。左利きの彼は、眠たそうな瞼《まぶた》をごしごし指で擦《こす》っている。その小指から、草にだけ見える赤い糸が伸びていた。

（ふうん。あいつ、古文の吉見《よしみ》先生と付き合い出したんだ。すげー。倍率十倍の高嶺の花をオトしたんだな）

真紅の血液と同じ色をした、まっすぐに伸びる担任の糸。その糸の先を辿《たど》っていくと、高校生男子には少し刺激的なミニスカートを穿《は》いた、美人の吉見先生が立っている。吉見先生の左手の小指にも同じような糸があって、二人の糸は蝶々結びで繋《つな》がっているから、両想いだ。

草は小指の糸が見える不思議な力のせいで、校内の誰と誰とが付き合っているか、すぐに分かる。いつそんな力が芽生えたのかは思い出せないけれど、物心がついた頃には、既に糸が見えていた。

蝶々結びは両想い。蝶々結びが解《ほど》けると、その二人は別れた証拠だ。体育館の中は、人の数だけの糸と、そこかしこに溢《あふ》れる蝶々結びで、草の目にはごちゃごちゃと大変なことになっている。

先生どうしのカップルなんて、生徒たちにバラしたら最後、こんな田舎《いなか》の小さな高校では一大ニュースになってしまうだろう。

（安心しろ、山川。俺はそんな意地悪はしないぞ。応援するからがんばれ）

担任のお相手の吉見先生は、顔も性格もかわいいし、草には呪文のように難解な古文を分かりやすく教えてくれる、とてもいい先生だ。

だから当然、もてる。吉見先生のことが好きなのは担任だけじゃない。生徒の中にも何人か、吉見先生に向かって糸を伸ばしている奴らがいる。

でも、一番の厄介者は、あいつだ。担任の隣の隣に立っている、嫌われ者の生徒指導の体育教師。よく見るとそいつの小指からは、吉見先生を狙《ねら》う糸とは別に、もう一本糸が伸びていて、あろうことか家庭科の先生と蝶々結びを作っているのだ。

(あいつ二股かけようとしてんのかよ。生徒指導のくせに最低だな)

職員室の人間関係は、生徒たちが思う以上にドロドロしているらしい。草はまだ続いている校長の話をそっちのけにして、二本に分かれた体育教師の糸に釘付けになった。

小指の赤い糸が必ずしも一本じゃないなんて、そんな夢のない話をいったい誰が信じてくれるだろう。まだ見ぬ恋人と繋がっているという、所謂《いわゆる》『運命の赤い糸』に憧れているクラスの女の子たちに教えたら、一斉《いっせい》に嫌われそうだ。

草にとって赤い糸は現実的なもので、誰の左手の小指にもあるものだから、全然珍しくない。うんと子供の頃は誰でも見えると思っていたし、両親にそのことを話したのも、自然な流れだった。

でも、両親には「そんなの嘘だ」とあっさり否定されて、次に幼稚園の友達に打ち明けたら、気持ち悪がられて仲間外れにされてしまったのだ。

仲がよかった子に掌《てのひら》を返したようにいじめられたことが悲しくて、それ以来草は、自分の力を人に教えるのをやめた。今のところ、同じ力を持つ人には出会ったことがない。これはきっと、草だけの特別な力なんだろう。

草はとりたてて何の特徴もない、ごくごく平凡な十七歳だ。身長は中学三年から変化のない百六十八センチ。全体的に小作りで、顔立ちは幼くて丸く、まあまあかわいい部類に入るかもしれない。男くさくなってきた他の同級生たちと違うといえば、色素の薄い茶色がかった癖っ毛の髪と、小動物みたいと言われる、よく動く二重の瞳くらいだろうか。

成績はクラスでも学年でも中の中。陸上部並みに足が速い訳でも、柔道部みたいに体が強い訳でもない。何せ部活は帰宅部だし、勉強も遊びもそこそこで、優等生でも不良でもなく、お小遣いは月に三千円というサラリーマン家庭で育った、普通の子だ。

草自身も、平凡な自分にどうして特殊能力があるのか、全く分からなかった。家族も友達も先生も、草以外に誰も赤い糸が見えない。人に見えないものが見える力なら、例えば幽霊とか、妖怪の類《たぐい》ならもっとおもしろかったのに。

(――他人の糸が見えたって、覗《のぞ》き見してるみたいな感じだもんな)

人の秘密を暴いているような気がするし、友達の彼女の二股とか、事実を知ってがっくりすることもたまにある。たとえ糸を見たくなくても、目を開けば見えてしまうんだからどうしようもない。

ただ、たった一人だけ、糸が見えない例外がいる。

(自分の糸が見えないんじゃ、本当に何の役にも立たないよ)

草は自分の左手に視線を落として、糸のない小指の先を見詰めた。どんなに目を凝らしても、赤い糸の残像さえ見えない。自分には糸がないのかと時々不安になる。

(いったいどこにいるんだ。俺の蝶々結びの相手は)

せっかくこの力を持っているんだから、自分の糸が誰と結ばれているか知りたくなるのが当然だろう。でもどういう訳か、草の左手の小指には、一度も赤い糸が出現したことがなかった。

かわいい女の子と両想いになれたら嬉《うれ》しいと、そんな無邪気なことを考えたのは小学校を卒業するまでだ。気になる子ができても、その子の糸は、草とは違う男へと伸びている。他人の蝶々結びばかり見るのは悲しい。何度もこんなことを繰り返すうちに、草はすっかり、恋愛に晩生《おくて》な十七歳になってしまった。

占い師が自分の運勢を占わないように、草の目もきっと、自分の糸は見えなくなっているんだろう。他人の恋愛事情にだけやたら詳しいくせに、草はまだ、本当の恋を知らない。

いつか本気で好きな人ができたら、その時には糸が見えるようになるんだろうか。

いったい誰が授けたのか分からない、中途半端で不思議な力。草は体育館にたくさん浮かんでいる蝶々結びを見ながら、糸のない自分の小指を、他の指ごとぎゅっと握り締めた。

「――草。俺さ、好きな奴がいるんだ」

昼休み。教室の外の廊下の窓から、ジュースを片手に校庭を眺めていた草は、ちゅるん、とストローを唇から離した。隣で同じように外を見ていた友達の松岡《まつおか》が、深刻そうな顔をして打ち明ける。

「ユキのこと。なんだけど」

「……あー、うん」

「だ、誰にも言うなよ。草にだけ話すんだからな」

草は同じ二組の、髪の長い野球部のマネージャーのユキちゃんを思い浮かべた。松岡はその野球部の四番打者で、三年生が引退した後、キャプテンになった。

リーダーシップがあって、部活やクラスで頼りにされている彼が、今は顔を真っ赤にして草に恋愛相談を持ちかけている。ホームランを量産する四番打者でも、恋は得意じゃないらしい。

（ごめん、松岡。実は俺にはもうバレバレだったんだ）

松岡が誰のことが好きか、実はずっと前から草は知っていた。彼の小指の糸はいつもユキちゃんに向かっていたから、一目瞭然だった。

友達が隠していた秘密を知っていたことに、少し罪悪感が湧く。草は心の中で、もう一度ごめん、と謝った。

「ずっとさ、ユキに告ろうかどうしようか迷っててんだけど。なんか、タイミングがないっつうか」

「なんで。ユキちゃんいい子だし、言っちゃえばいいじゃん」

「今更？　みたいな。……幼稚園の頃から一緒なんだぜ。向こうは俺のことを、幼馴染《おさななじみ》としか思ってないと思う」

いつもバットを握っている武骨な拳《こぶし》で、窓をコツン、とやって、松岡は溜息《ためいき》をついた。

「ユキは野球部でも人気あるし、絶対他にも狙ってる奴いる。幼馴染のままじゃ嫌だけど、告ってふられるのはもっと嫌だ」

「えー。松岡は体でっかいのに、意外と臆病モンなんだ？」

「うるせえ。でっかいって言うな。こういうのは体型関係ないんだよ」

「怖いから睨《にら》むなって。俺は告白してすっきりするべきだと思うけどなあ」

草がハッパをかけると、むむ、と松岡は唇を噤《つぐ》んで、日焼けした顔をさっきよりも赤くした。

松岡はどうにかして、告白するチャンスを探そうとしている。真剣に好きな子のことを思う彼を見ていたら、草は微笑《ほほえ》ましくて、自分までくすぐったい気持ちになった。

「——あ、ユキ」

廊下の向こうから、噂の彼女がやってくる。松岡が急に挙動不審になって焦りだしたから、草は思わず笑ってしまった。

「俊《しゅん》ちゃーん、ちょっと手伝ってー」

「お、おう」

甘えた声で呼ばれて、松岡はダッシュで廊下を駆けていく。

ユキちゃんは自分の身長くらいの長さの棒を両手で持って、ふうふう言いながら歩いていた。よく見るとそれは、教材で使う巨大な世界地図を巻いたものだ。五時限目が地理の時間だから、教科担任の先生に社会科資料室から運んでおけ、とでも言われたんだろう。

「それ貸せ。……なんだ、軽いじゃねーかよ」

「俊ちゃんすごい。頼れるー」

「もう十本くらい持てるぞ」

すごい、かっこいい、とユキちゃんは松岡に手を叩《たた》いて喜んでいる。さすがマネージャー。褒め上手だ。

並んでこっちに向かってくる二人は、とてもお似合いに見える。持っている空気が近いというか、ただの幼馴染じゃない雰囲気。

（そりゃそうだ。お前ら両想いだもん）

二人の左手の小指を見て、草は無言で頷《うなず》いた。二本の赤い糸の先が、お互いに結ばれたがって、もじもじ、そわそわ、と動いている。

糸どうしは、何故《なぜ》だか自力では結ばれないのだ。本人たちがちゃんと告白して付き合い始めると、糸も縒《よ》り合って蝶々結びになる。

告白するタイミングを探している松岡と、彼の告白を待っているユキちゃん。もじもじもじもじ。二人の糸の先は、くっつきそうでくっつかない。草はもどかしくて、だんだんお尻の辺りが落ち着かなくなってきた。

（あぁっ、見てるといらいらする。お前らとっとと付き合っちゃえよっ）

二人に足りないのは、幼馴染から恋人へ変化するための、ほんの少しの勇気だけだ。草は純情な二人の背中を押してやりたくなって、おせっかいをすることに決めた。

「草、さっきの話、また今度な」

「うん」

「俊ちゃん、佐原くんと何話してたの？」

「——ユキには関係ねーよ」

地図を運びに教室へ入っていく松岡と擦《す》れ違いざま、草は彼の糸をこっそりと手繰《たぐ》り寄せた。隣のユキちゃんの糸も同じように手に取って、二本のそれを、えい、と気合を入れて蝶蝶結びにする。

草は目で見えるだけじゃなく、普通の手芸用品の糸のように、赤い糸に触ることができるのだ。

小さい頃に、両親の蝶々結びに試しに触ってみたら、簡単に結んだり切ったりできた。切った後しばらくして両親が大ゲンカを始めてしまい、半泣きになりながら結び直したのは、とても間抜けで苦い思い出だ。

(よし。後はお前ががんばるだけだ、松岡。ユキちゃん待ってんだから、お前が男らしく『好き』って言えよ)

掌の中の蝶々結びを、小鳥を空へと逃がすように、ふわっと手放す。早く二人が恋人になれますように。そんな願いを込めながら。

「——草？　何やってるんだ」

突然名前を呼ばれて、草はびくっと肩を震わせた。まさか、今のおせっかいを見られた？　草が怖々後ろを振り返ると、同じクラスの親友が廊下の向こうに立っている。

草は咄嗟《とっさ》に、何もなくなった両手を制服のスラックスのポケットに隠して、彼のもとへと駆け寄った。

「霧生《きりゅう》っ」

昼休みの途中で、学生鞄を片手に登校してきた霧生明央《あけお》は、よう、と短く言った。さらりとした黒髪に、銀縁眼鏡をかけた優等生そのものの顔。草より少し背の高い彼は、レンズ越しの黒い瞳を眩《まぶ》しそうに向けてきた。

「おはよう。草」

「おはよ。もう昼だけど。今日は学校を休むと思ってた」

「ああ、午前中は検査だったんだ。心電図が安定してたんで、午後から登校してもいいって病院の先生に言われた」

「そっか。よかった」

霧生のほとんど日焼けをしていない青白い頬《ほお》を目にすると、草の心臓はいつもざわりと騒ぐ。まるで病気を抱えている彼の分も、草の心臓が余計に動いているかのように。

霧生は生まれた時から心臓を動かす筋肉に問題があって、走ったり無理ができない体らしい。彼と小中学校が一緒だった友達にそのことを聞いて、草は大きな衝撃を受けた。平凡に暮らしてきた草にとって、霧生は初めて出会った、左胸に爆弾を抱えた平凡とはかけ離れた人だったから。

草はそっと視線を落として、霧生の小指の糸を見た。学校の誰よりも細く、赤色の薄い、儚《はかな》げな糸。松岡の糸がマフラーを編む毛糸のサイズなら、霧生のそれは、ミシン糸よりも細い。

初めて彼の糸を見たのは、入学式の時だったと思う。それまで見たことがないほど細い糸

だったから、つい目が離せなくなった。真っ赤で健康的な糸ばかりの高校生たちの中で、霧生だけが異質で、それ以来、草は彼のことが気になって仕方ない。

「霧生、昼ご飯食べてきた？　まだならパシリやるよ。売店で何か買ってくる」

パンやジュースを売っている売店は、校舎の二階のここから階段を下りた、特別教室棟の端っこにある。病院で検査を受けた後の霧生に、そんなに遠くまで歩かせるのは、心配だった。

「ありがと。草、めちゃくちゃいい奴」

ぽん、と草の肩を軽く叩いて、霧生は微笑んだ。

「母さんと一緒だったから、病院で食べてきたんだ。車で学校まで送ってもらったし、俺は元気だから、心配すんな」

「──うん、ごめん。登校できるくらい体調いいって、分かってるんだけど……」

「ったく。俺を面と向かって病人扱いするの、クラスで草だけだよ」

くしゃ、と破顔する霧生は、ちょっと困っているようにも見える。医者でもないのに、彼の体の心配ばかりするのは、霧生にはかえって失礼なのかもしれない。

彼は学校を休みがちなくせに学年トップの成績だし、理知的な眼鏡が似合う、男の草から見てもかっこいい顔をしている。霧生は優しい性格で、男女問わず好かれていて、健康以外何でも持っている、パーフェクトなすごい奴だ。

クラスのみんなは、彼の負担にならないように、あえて病気のことは話さないようにして静かに見守っている。霧生を大切にすることで、クラス全体が纏《まと》まっていると言っても過言じゃない。

「霧生、廊下寒いから、早く教室に入った方がいいよ」

「分かった分かった。草は俺に気を回し過ぎだ」

苦笑をやめない霧生に、草はどんな顔を返していいのか分からなかった。草が彼のことを気にかけてしまうのは、あの儚い糸を見た時からの癖だからだ。

草が教室の入り口のドアを開けていると、引き戸の取っ手にかけた指先を、霧生はひょいと覗き込んだ。

「さっき何をしてたんだ？　両手でこう、ごちゃごちゃやってたろ」

蝶々結びの真似をされて、草は内心びくつく。糸の見えない霧生の目には、その仕草はとても変に思えただろう。

みんなの左手の小指に糸があることを、きっと霧生も信じてはくれない。もし正直に言っても、幼稚園の時みたいに、気持ち悪がられるのがオチだ。

「あれは、ちょっとした親切だよ」

「親切？」

霧生はよく意味が分からないとでもいうように、小首を傾《かし》げた。彼の視線はずっと草の手元に注がれている。

「えっと、おまじないみたいなもんかな」

おまじないというへたくそな説明で、霧生が納得してくれるかどうかは微妙だった。いくら学年トップの優等生の彼でも、友達の小指の糸を蝶々結びにする意味を、解析することはできないだろう。

「おまじないって、何の？」

「それは、その……」

草は、誰彼かまわず糸を結んでやる訳じゃない。両想いが前提で、お互いの気持ちを確かめた上での、本当に親しい人にしかしない親切だ。

「背中を押してやりたい奴に、がんばれーって感じで。そういう意味」

草の瞳が、無意識に教室の黒板の方へ流れる。霧生もそれを一緒に追った。

そこには松岡とユキちゃんがいて、二人で地図のセッティングをしている。教室の天井からフックで吊り下げられた地図は、左側に斜めに傾いていた。

「松岡、左が下がってるよ」

「え？　ほんと？」

「あっ、霧生くーん、二限で出た英語のプリント、後で渡すね。先生から預かってるんだ」

「ありがとう。――あ、松岡、今度は左上げ過ぎ」

「ええっ？　ちゃんと見てろよユキ」

「私のせい？　もー、俊ちゃんこそ、ちゃんとやってよ」

お互いに遠慮をしない言い合いが、いかにも幼馴染っぽくて微笑ましい。机の上に靴下で乗り上がって、松岡は地図が水平になるようにフックの位置を調節した。その下でユキちゃんは、机が安定するように両手で押さえてやっている。

「さっきのおまじないって、あの二人？」

ぼそ、と霧生が草の耳元で呟《つぶや》いた。草が頷くと、彼はもっと小さく声をひそめた。

「確かに背中を押したくなるな。本当に付き合ったらいいのに。あんなにお似合いなんだからさ」

霧生は小指の糸は見えないけれど、草と同じことを考えている。草は仲間が増えたようで嬉しくなって、こくこく何度も頷いた。


体操服のジャージの上から、冷たい北風が草へと吹き付ける。一周四百メートルのグラウンドをもう三周は走っているというのに、たいして体が温まらない。

「こらーっ、ちんたら走るなーっ。もう十周追加するぞー！」

グラウンドの中央で、メガホンを片手に体育教師が怒鳴っている。生徒指導のノリでうるさく言われても、一月の寒空にしたくもないマラソン大会の練習をやらされて、生徒たちからはブーイングの嵐だ。

「鬼教師。風邪ひくっつの」

「ああもう、だりーっ。何でマラソン大会って真冬にやるんだろう」

「真夏にやったらぶっ倒れるからじゃね？　なあ、草」

「……うん」

長距離走の苦手な草は、無駄なおしゃべりをしている余裕がない。周りのペースにどうにかついて行こうと必死だ。

そんな草の脇《わき》を、運動部の連中が軽やかに抜いていく。今日の体育は一組から三組までの合同授業で、グラウンドを青色のジャージが洗濯機の中のようにぐるぐる回っていた。

「同じ走るんならサッカーやらせろよな」

「本当だよ。あーあ、いいよなあ、いつも自習してる奴は」

草を追い越していった一組の何人かが、校舎の方を見上げて悪態をつく。彼らの視線の先には二組の教室があって、閉め切った窓の向こうには霧生がいた。

（……好きで自習してる訳じゃないのに。あいつら感じ悪い）

運動を極力制限されている霧生は、体育の時間はいつも一人で過ごしている。俯《うつむ》き加減のその横顔を草が眺めていると、霧生はふと、開いていた参考書を置いて、窓の外を見た。

「草」

霧生の唇が、草の名前の形に動いている。目が合ったのが嬉しくて、小さく手を振ってみたら、霧生も振り返してくれた。

彼の左手と一緒に、ぷらぷら揺れる小指の糸。霧生の細い糸の先は、風景と同化するように途中で掠《かす》れて消えている。好きな相手がいなかったり、両想いでも相手と距離が離れていたりすると、糸の先は誰でも途切れて見えるのだ。

(霧生は好きな子いないのかな。――そういう話、そう言えばしたことなかった)

彼の糸が蝶々結びになっているところを、草は見たことがない。儚げなあの糸が、いつか誰かの糸と結ばれる日がくるんだろうか。そう思ったら、草の胸の奥が、つきん、と痛んだ。

(……何だ、これ。変なの)

まるで、まだ見ぬ誰かに焼きもちを焼いているようでおかしい。霧生に好きな子ができたら嬉しいはずなのに。

(松岡の糸を結んだように、霧生の糸も、俺が結んでやりたい)

霧生は草の一番の友達――親友だから。だからいつも彼のことが気になるし、できるだけそばにいたいとも思う。彼がいる教室と、このグラウンドの距離さえ、遠いと思うくらいに。

「佐原！　何をやってるんだ、真面目《まじめ》に走らんか！」

「すみませーん」

メガホン越しに怒られた草を、霧生がくすくす笑って見詰めている。彼に手を振っていたから怒られたのに。笑うなんてひどい奴だ。

(あの先生に目を付けられたら、霧生のせいだからなっ。昼休みにあいつにジュースを奢《おご》らせてやるっ)

草は勝手にそう決めて、周回遅れのグラウンドを大急ぎで走り始めた。


「よー、熱いねお二人さーん」

「松っちゃん妬《や》けるーっ」

「うっせ!　黙れお前ら!」

ひゅーひゅー、と友達みんなにひやかされながら、赤面した松岡とユキちゃんが連れ立って下校していく。

草が二人の糸を蝶々結びにして、一週間後の放課後。草のおまじないに背中を押されたのかどうか、本当のところは分からないけれど、松岡はあれから間もなくユキちゃんに告白した。手と手を繋ぐできたてほやほやカップルに、草は感無量だ。

野球部の練習のない今日、松岡はユキちゃんを誘って、初デートにバッティングセンターに行くらしい。もっと女の子が喜ぶ場所に行けばいいのに、その野球馬鹿なデートコースで許してくれるユキちゃんを、松岡は今まで以上に大事にするべきだろう。

（よかったな、松岡。幼馴染から卒業できて）

草は遠くから、二人の繋いだ手の上で揺れている蝶々結びを、誇らしい気持ちで眺めた。もともと両想いだから、この結果は予測できたけれど、二人が晴れて恋人になってくれて嬉しい。自分にはまったく役に立たない特殊能力でも、友達が幸せなら、草はそれで満足だった。

「――おまじない効いたんだな」

草の背後で、誰かが不意に囁《ささや》く。はっとして振り返ると、そこに霧生が立っていた。

「草のおかげだな。あの二人がくっついたの」

「さ、さあ、どうかな。おまじないなんてアテにならないし」

「謙遜《けんそん》しなくていいのに。草も、もう帰るだろ？　駅の方まで一緒に行くよ」

「うん。……霧生」

駅まで歩けるか、と言いかけて、草はぶるっと首を振った。いくら何でも心配し過ぎだ。並んで歩き出した霧生の両足は、ゆっくりと前に進んでいる。

通りすがりのグラウンドでは、サッカー部と陸上部が場所を取り合うようにして練習していた。特別教室棟の音楽室からは、吹奏楽部の演奏が聞こえる。放課後の校内はとても賑《にぎ》やかなのに、草と霧生の周りだけは、しんと静かだった。

「クラスで俺たちだけだな、帰宅部。俺はしょうがないけど、草は何で？」

「入りたい部活が特になかったから。うちの学校、選択肢が少ないし」

「確かに。文化部がもうちょっと充実してたらなあ」

霧生が帰宅部でなかったら、こんな風に仲良くはならずに、病気の彼のことを遠巻きに見ているだけだったかもしれない。霧生と一緒に帰るようになってから、草はそのまま部活に入らず、二人だけの帰宅部を続けている。

一年の最初の頃、一人で下校している霧生を見かけて、草が声をかけたのが友達になった始まりだ。性格も育った環境も全然違うのに、何故か波長が合って、誰よりも近い間柄になるのにさほど時間はかからなかった。

「あ、本屋に寄りたい。新しい参考書を買わないと」

「俺も行きたい。昨日出たコミックス買う」

学校と駅の中間地点にある書店に入って、ぶらぶらと棚を物色する。霧生は優等生らしく、受験対策用のぶ厚い参考書を開いて、中身を吟味している。

「うへー、俺それ無理。何書いてあるか分かんない」

「普通の応用問題だよ。進路調査票、草はもう出した？」

「うん。――来年の今頃は受験なんて信じられないな。いちおう東京の大学を受けるつもりだけどさ」

「東京か。俺はどうしようかな」

昨日、ホームルームの時間に配られた進路調査票を、霧生がまだ担任に提出していないことを草は知っていた。霧生の成績なら相当上位の大学を狙える。でも彼は、進路にまだ迷っているようだった。

（多分、病気のせいで決められないんだ。近くに霧生が入るような大学はないし……。高校を出たらどうするつもりなんだろう）

気になって仕方ないのをこらえて、草は黙り込んだ。三年間の高校生活は短い。霧生とこうして一緒に下校するのも、あと一年とちょっとしかない。改めてそのことに気付いた草の頭を、ふっと寂しいものがよぎった。

「草。俺も草と同じとこを受験しようか」

霧生が急に、変なことを言い出す。草は冗談だと思って、すぐに言い返した。

「駄目だよ。レベルが違い過ぎる。霧生は頭いいんだから、もったいないことするな」

「……なんだ。大学に行っても、草と一緒に帰宅部しようと思ったのに」

残念そうに唇を尖《とが》らせる霧生が、いつになく子供っぽく見える。昔から病気と闘ってきたせいか、どこか達観したようなところがあって、クラスの誰よりも大人びているのに。

「どうしたの？　霧生、いつもと違う」

「別に。何も違わないよ」

霧生はそう言って笑った。彼のその顔は、もう普段通りの落ち着いた彼だった。

それぞれ参考書とコミックスを買って、書店を後にする。霧生の家は通学路の途中にあって、電車通学の草は、毎朝彼の家の赤い屋根を見ながら登校している。時々タイミングが合って一緒に登校できる日は、得をした気分になれた。

「明日は学校にこれる？」

「ああ。検査もないし、今のところ心臓も問題なし」

「じゃあ朝、霧生の家に迎えに行くよ。一緒に登校しよう」

「分かった。――待ってる」

待ってる。

霧生の短い言葉が、草の胸を撫《な》でて、小さな風のようにその奥をかき回した。

友達どうしなら誰でも交わす、何てことのない約束。それを叶《かな》えることが簡単じゃないなんて、草は翌日になるまで気付かなかった。

『草くん、ごめんなさいね。明央は昨夜発作を起こして、今朝はまだ病院にいるの。約束を破ってごめん、って、あの子言ってたわ』

翌朝、草の家にかかってきた霧生の母親からの電話。彼が発作を起こしたと知って、どくん、と草の心臓も嫌な音がする。

「明日また、迎えに行きます。明日が駄目なら、あさってでもいいです。霧生にそう伝えてください」

一度約束を破ったくらいで、草と霧生の親友の関係は変わらない。だから草は、彼に謝ってほしくなかった。

明日もあさっても、霧生の元気な顔が見たい。でも、この日を境に、彼は入院をしたまま学校にこなくなってしまった。


二月に入ったとても寒い日。数ある学校行事の中で、生徒たちに一番嫌われているマラソン大会がやってきた。ジャージ姿で登校した草は、ひどく憂鬱な気持ちを抱えて、朝のホームルームが始まるのを待っていた。

（……霧生、いつ退院できるんだろう）

もう一ヶ月近く使われていない、霧生の机。板書を写したノートや、宿題のプリントを渡しに会いに行くたび、彼は病室のベッドで草を迎えてくれた。

たとえ霧生が笑顔を見せていても、小指の糸はごまかせない。日に日に細くなっていく彼の糸を見るのが、草は怖かった。赤い色が薄くなるごとに、霧生は明らかに病状を重くしていたからだ。

（霧生――）

小指の糸が命のバロメーターになっているなんて、霧生に出会うまで知らなかったし、知りたくなかった。

いつか霧生の糸は色を失い、透明になって、消えてしまうんじゃないか。その時彼がどうなるのか、想像するのが怖くてたまらない。

「きりーつ」

ガタガタッ、とみんなが椅子《いす》から立ち上がる音がして、草は我に返った。教卓の前にいつの間にか担任が立っている。

「おはようございまーす」

「おはよう。……ホームルームの前に、みんなに話があります」

朝の挨拶をした後、担任は突然そう切り出した。みんなが不思議そうに顔を見合わせる中、草だけが担任のこわばった表情に気付いて、緊張を覚えた。

「しばらく欠席が続いている霧生くんのことです。彼は今後の学校生活を続けることが難しくなり、残念ですが、退学をすることになりました」

草は息を飲んだ。ついこの間、お見舞いに行ったばかりなのに。退学なんて聞いていない。

教室にざわめきが起こって、担任の声が小さくなる。

「ご両親のお話では、霧生くんは今日、設備の整った県外の病院に転院して、病気の治療に専念するそうです」

「今日？　先生、嘘だろ⁉」

「先生！　どこの病院ですか？　みんなで会いに行ってもいい？」

「ごめん。ご両親の希望で、転院先は教えられないんだ。だからお見舞いも控えてください」

「え……っ」

「そんな――。もう霧生くんに会えないの？」

「急なお別れになったのは寂しいけれど、みんな、これからも霧生くんを応援してあげよう。先生も、彼はきっと元気になってくれると信じています」

担任がそう締めくくった後も、教室のざわめきは収まらない。草は両手の指先が白くなるまでジャージの膝を握り締めて、今すぐ霧生のもとへ駆け付けたい気持ちをこらえた。

（なんで……っ。霧生。なんで俺に何も言ってくれなかったんだよ）

転院先の病院さえ教えてもらえないなんて、こんな別れは突然過ぎる。

ホームルームが終わり、グラウンドに全校生徒が集合して、マラソン大会の開会式が始まってからも、草は霧生のことばかり考えていた。クラス別に整列していた草の後ろで、松岡がジャージの背中をくいっと引っ張る。

「草、霧生の奴、みんなに何も言わずに学校をやめるのかな」

「分からない」

「──急過ぎるよ。俺、こんなの嫌だ」

「俺だって嫌だ」

俺も、私も、と草を真ん中にした列のあちこちで、ひそやかな声が交わされる。

開会式の後、体を温めるために校内を一周してから、いよいよマラソン大会が始まった。

学校の正門から次々に走り出て行く生徒たち。草も松岡やクラスのみんなに混じって、通学路を駆けた。

毎年恒例のマラソン大会は、地元の人たちにとっても冬のイベントで、沿道の商店街からたくさんエールが送られる。草はコースの途中で、きょろきょろと左右を確かめると、小さな脇道に入った。

「草っ⁉」

「そっちコース外れてるよっ」

松岡と、クラスの友達が数人、びっくりした顔で草を追い駆けてくる。狭く入り組んだ道を駆けながら、草は駅のある方角へ向かった。

「いいんだ。このまま霧生の家に行く」

「お前……っ。先生に見付かったら生徒指導室に呼び出されるぞ！」

構うもんか、と草は思った。今すぐ霧生に会いたい。会って彼と話がしたい。切羽《せっぱ》詰まるような焦燥に駆り立てられて、草は足が縺《もつ》れるのも構わずに、路地をいくつも走り抜けた。

登下校中にいつも見ていた、霧生の家の赤い屋根。息を切らせてそこに辿り着いた草は、家の前にタクシーが停《と》まっているのを見付けて、松岡と顔を見合わせた。

白い手袋を嵌《は》めた運転手が、霧生の母親と一緒にトランクへ大きなバッグをいくつも詰め込んでいる。

「霧生！」

後部座席に座っていた霧生は、草の声に気付いてウィンドウを下ろした。

「草。松岡も、みんなもどうして……。マラソン大会は？」

「こんな時にマラソンなんかやってられるか」

「そうだよ！　お前、何タクシーなんかに乗ってんだよ。本当に今日、遠くの病院へ行っちゃうのか？」

「――ああ。みんなの顔を見たら、寂しくなるから、こっそり転院しようと思って……」

「何それ。俺ら友達だろ？　黙って行くなよ」

「ごめん。……学校やめちゃったけど、みんな俺の大事な同級生だ。会いに来てくれて、嬉しかった」

「霧生――」

「みんな元気で。さよなら」

草の隣で、ぐす、と松岡が洟《はな》をすすった。草は霧生に、何の言葉も返すことができなかった。

雪みたいに真っ白な彼の頬。小指の糸は、数日前に見た時よりいっそう細く、風で今にも消えてしまいそうに頼りなく揺れている。

草の胸の奥に、言葉では言い表せない、恐ろしい不安が膨らんだ。もしかしたら、霧生とはもうこれきり、会えないかもしれない。

(もし、もし霧生の糸が、俺に見えなくなったら)

絶対に考えたくない結末を、草は泣き出しそうになりながら、懸命に心の中で打ち消した。霧生の糸を守りたい。彼の病気が治るのなら、どんなことでもする。

霧生を失わずに済むのなら、彼の糸と、見えない自分の糸を結んで、絶対に離さない。たとえ霧生が嫌がったって、蝶々結びを山ほど作って、病気に彼を奪わせやしない。

「…っ」

草は咄嗟に、霧生の糸の先を右手で掴《つか》んで、左手の方に引き寄せた。小指に自分の糸があると信じて、松岡の糸を結んだ時のように、くるくると両手を動かす。

「——草」

がしっ、と手首を摑まれて、草はそのまま動けなくなった。タクシーの中から霧生が手を

伸ばして、蝶々結びをしようとしていた草を阻止する。

「駄目だ」

「霧生…っ？」

摑まれたままの手首が痛い。草の意図を知らないはずなのに、どうして霧生は蝶々結びを止めようとするのだろう。彼の白い手の握力は、信じられないほど強かった。

「なあ、草。聞いて」

真剣な霧生の眼差《まなざ》しが、草の身じろぎを奪う。息もできないほどの張り詰めた沈黙が、二人の間に短く流れた。

「草。俺が二十歳《はたち》まで生きられたら、草も一緒に祝ってくれるか？」

仮定の言葉が、草の胸の奥深くに突き刺さった。もし――もし生きられなかったら。そんな結末は絶対許さない。

「馬鹿！　五十歳でも百歳でも、二百歳でも、いつでも祝ってやるよ！」

潤んだ瞳から、涙を零《こぼ》れさせないようにするだけで精一杯だった。叫んだ語尾が震えている。歯を食いしばって、それ以上何も言葉が出なくなった草に、霧生は微笑んで言った。

「ありがとう。草、約束な。草と俺は、ずっと、――ずっと親友だよ」

霧生の右手が、草の手首から離れていく。タクシーに乗り込んだ彼の母親は、見送りに来た草たちの顔を一人一人見詰めて、涙で両目を真っ赤に腫《は》らしていた。エンジン音が響く夕クシーのすぐそばで、松岡も他の友達も、みんな、みんな泣いていた。

草の目の前で、するすると閉まっていくウィンドウが、別れの時を急かしている。バン、と草がそこに両手をつくと、霧生は小さく頷いて見せて、唇で、またな、と告げた。

「霧生！」

霧生を乗せて、タクシーが家の前を離れていく。リアウィンドウ越しにじっと見詰めている彼を、草は無意識に追い駆けた。

(行くな。――霧生。俺を置いて遠くへ行くな)

二十歳になったら、もう一度会えるという保証はどこにもない。不確かな約束だけを残して去っていく霧生を、草は追って、追って、そして我慢ができずに泣いた。

「絶対、絶対病気を治せ。この約束だけは、絶対守れ……っ」

草の頬を、降り始めた雪が冷たく叩いている。どうしてこんなに、霧生との別れが辛《つら》いんだろう。体の半分がもぎ取られたように痛い。

霧生が友達だから？　親友だから？　友達ならクラスにたくさんいるのに、草の心の中にいつもいたのは、霧生だけだった。

大通りへと抜け、小さく遠くなっていくタクシーを、草は泣きながら見送った。青信号が憎らしかった。たとえ小指の糸が見える力があったって、霧生に何もしてやれない。無力な膝を雪化粧したアスファルトに埋《うず》めて、草は一つだけ気付いた。

霧生のことを、どれほど大切に想っていたか。友達よりも、親友よりも、もっと切実だった。誰よりも一番に、彼のことが好きだった。

タクシーが見えなくなってから、喪失感に押し潰《つぶ》されて初めて知る。霧生は草の、初恋の人だ。草には見えない小指の糸は、きっと彼に向かって伸びている。

2

風に舞った桜の花びらが、草の髪をするりと滑って、昨夜の雨に濡《ぬ》れていた足元に落ちる。東京の、桜の名所の近くにある大学に通い始めて二年目。一年前の草がそうだったように、この時期は物慣れない新入生たちが、休講案内の掲示板の前や、学内のあちこちに溢れている。

高校在学中に提出した進路調査票通りに、草は平均的な偏差値のこの大学に入り、今は経済学部の二年生として、講義とサークルとバイトに忙しい毎日を送っている。一人暮らしにももう慣れて、簡単な料理や掃除の仕方も覚えたし、それなりに楽しくて快適な学生生活だ。

この四月に二十歳になって、形だけは大人になったつもりでいる。でも、具体的には草はたいして変わっていない。人の左手の小指に赤い糸が見える力も、自分の糸だけ見えないことも、高校生の頃のままだ。

大学生ともなれば、草にもそれなりに好意を寄せてくる女の子がいるけれど、数少ないその子たちとは、みんな友達止まりで終わっていた。自分に向かってもじもじしている赤い糸を見ても、つい目を逸《そ》らしてしまう。彼女を作る気になれないのは、草の心に、ぽっかりと穴が空いているからだった。

（初恋は実らないって本当だったんだ）

高校二年の冬に、草の前から突然去っていった霧生。彼のことを、ずっと親友だと思っていた。自分の気持ちが恋だと気付く前に、彼に会えなくなってしまった。

あのマラソン大会の日から、霧生の消息は今も分からない。霧生の両親もあの後すぐに彼を追って引っ越していき、地元の街の自宅は、とっくに空き家になっている。

誰もいないあの赤い屋根の家を見たくないから、草は大学生になってから、一度も帰省していなかった。地元の大人たちが無責任に流す、霧生が病気に負けたという噂なんて耳にしたくない。

（あいつはそんなに弱い奴じゃない）

霧生はいつか、病気を治して約束を果たしに来る。別れの日から二年以上経《た》っても、草はそう信じていた。

「みんな注目ーっ。あさっての土曜日、新入生歓迎コンパを兼ねたお花見をしまーす。途中参加、途中退場ＯＫ、参加費一人千円でよろしくー」

春の陽気そのもののような声が、草の追憶を邪魔する。いつの間にか草のスニーカーの周りは、桜の花びらでいっぱいになっていた。

「場所取りと買い出し係を決めたいんで、二年生以上で土曜の午前中に動ける人、立候補してくださーい」

学部棟にぐるりと囲まれた中庭にある、草が仲間たちとよくたむろしている噴水の前。サークルの会長の声に、何人かが、はい、はい、と手を挙げた。

万年帰宅部だった草が初めて所属した『ZIPS』は、毎週末にドライブやレジャーを楽しんでいるお遊びサークルだ。上下関係も厳しくないし、友達の延長のような緩い繋がりで、草にはとても居心地がいい。

お花見の場所取りと買い出し係が決まったところで、今日のサークル活動は終了だ。

「お疲れさまー」

軽い挨拶を交わしながら、仲間たちが解散していく。草も帰り支度をしていたら、同じ経済学部でサークルの学年長をしている莉菜《りな》が、噴水を見詰めてぼうっとしていた。

「莉菜?」

「……私、お花見行かない。このままサークルやめるかも」

そう言って溜息をついた彼女の顔を、草は遠慮がちに覗き込んだ。大学で出会った友達の中でも、莉菜はいつも明るくて、周りを引っ張っていくようなタイプなのに。

「どうした？　急にサークルをやめたいなんて、莉菜らしくない。――何かあった？」

「草くん～～～～」

よろよろと凭《もた》れかかってきた莉菜が、草のシャツの二の腕を摑む。

「聞いて草くん。黒川《くろかわ》先輩、四年の麻友子《まゆこ》先輩と浮気してたの。ひどいよね……」

付き合っている彼氏と浮気相手の名前を、莉菜は苦い食べ物を嚙《か》んだ時のように、唇を曲げて言った。いくら活発でさばさばしている莉菜でも、同じサークル内で二股をかけられたらショックだろう。

草が大学生になって、莉菜のように恋愛相談をしてくる女の子の友達が増えた。

名前の通りの草食系男子で、赤い糸が見える分、草は周りの人の恋愛感情に敏感だ。その上晩生だから恋にギラギラしていないし、他の男よりも話しやすくて、女の子には相談相手にちょうどいいらしい。

「なんか前から怪しいとは思ってたけどさ。黒川先輩、麻友子先輩の電話にはすごく嬉しそうに出るし、私のことほったらかしだし」

「前にも浮気相手がいるって言ってなかった？」

「バイト先の子でしょ。……そっちはこの間やっと切れたみたいだったのに。もう最低。別れたい」

ふと草の目に入った莉菜の小指の糸は、ほつれかかっていてボロボロだった。彼氏の糸と繋がった蝶々結びも、疲れてぐったりしているように見える。

「別れるって決めて、後悔しない？　莉菜はすごく真剣に付き合ってたろ」

「絶対後悔しないよ。一年間付き合って分かったもん。先輩は、私のこと一番じゃないんだよね。もうズルズルするの嫌だから、こっちからきっぱりふってやる」

「そっか。……大丈夫。莉菜はかわいいし、いい奴だから、もっとかっこいい彼氏ができるよ」

「ありがと。草くんに話したら、ふんぎりがついた。私ゼミの集まりがあるから、行くね」

莉菜は少しすっきりした顔をして、学部棟の方に向かって歩き出した。ふわりと彼女の後ろで揺れた糸を、草はこっそり掬《すく》い取って、痛々しいほどほつれたそれを指先で撫でた。

「——こんなにボロボロになるまで、莉菜はがんばったんだな」

莉菜の彼氏が、他に何人もの女の子と蝶々結びを作っていることは内緒だ。不誠実な浮気男と別れて、彼女のことを一番に想ってくれる人が現れますように。草は静かにそう願いながら、右手をじゃんけんのチョキの形にして、糸を切った。

友達の糸を結んだり、切ったりするのは、偽善なのかもしれない。でも、草の力はこれくらいしか役に立たない。

草の掌の上で、莉菜と彼氏の蝶々結びが幻のように消えていく。それを見詰めて溜息をついていると、隣から不意に声をかけられた。

「またおまじないか」

一瞬、草の周りだけ時間が止まったような気がした。春の青い空に向かって噴き上げる噴水の音も、学生たちの喧騒も、その声の他には何も聞こえなくなる。

「え……？」

とても懐かしい声だ。たとえ何年時間が経っても、絶対に忘れない声。でも、今ここでは絶対に聞けないはずの声。

（まさか。でも…っ…）

草はおそるおそる隣を振り向いた。空耳ではないことを祈りながら。心音が急にピッチを上げて、左胸の奥が壊れそうなほど鳴る。

「草」

銀縁眼鏡のレンズの下で、優しく微笑む瞳を見たその時、どくん、と大きく心臓が揺れた。マラソン大会の日に失った、草の初恋。二十歳の誕生日を迎えられたら、一緒に祝おうと約束をして去って行った彼が、草の目の前にいる。

「霧生――――！」

高校の時の面影《おもかげ》を、まだ色濃く残した霧生の顔が、くしゃくしゃな笑みに崩れた。

「よかった。草が俺のことを忘れてなくて」

「忘れるか馬鹿！」

叫んだ途端、草の体はスーパーボールにでもなったかのように、ぽうんと彼に向かって弾《はじ》けた。

噴水の近くにいた学生たちが、何の騒ぎだと二人の方を見て驚いている。

「霧生。霧生…っ」

あの頃よりも少し逞《たくま》しくなった肩に、草は両腕を伸ばして抱き付いた。記憶の中より霧生の目線が高いのは、彼の背が伸びたからだ。見上げる角度が急になったことを、草は悔しがるより、嬉しかった。

「退院、したのか？　……お前の心臓、治ったのか？」

「ああ。海外で手術を受けたんだ」

「手術……」

「もう走ったり飛んだりできるよ。マラソンもできる」

「嘘つけ…っ。証拠見せろ——」

とくん、とくん、と、力強く鼓動を刻む霧生の心臓。草は彼のシャツに耳をぐいぐい押しあてて、何度もその音を確かめる。それでもまだ、霧生がここにいることが信じられなくて、彼の左手の小指を食い入るように見た。

「真っ赤だ…っ…」

思わず零れた呟きを、しまった、と思う余裕はなかった。

誰よりも細くて、今にも透明になってしまいそうだった霧生の糸が、濃い真紅の色をしている。指を切ったら溢れ出てくる、あの鮮明な血の色を。

「草、すごいよ。今まで生きてきた中で一番、俺の心臓がどきどきしてる」

服を通して、霧生の鼓動はどんどん大きくなる。泣きたくないのに、草の視界が潤んで、彼の糸も指先も見えなくなった。

「会いたかった。草」

「俺、も」

「二年前に草とした約束、叶えに来たよ」

「うん。うん……っ。俺、霧生のこと信じてた。絶対もう一度会えるって、信じてた」

「草、先に泣くなよ。——俺が泣けなくなるだろ」

霧生の瞳も、草と同じように涙が浮かんでいる。大学の敷地の真ん中で抱き合ったまま、離れようとしない二人の頭上に、再会を祝う桜の花びらがたくさん舞った。


「静岡出身、理工学部建築学科一年の、霧生明央です。よろしくお願いします」

ぺこ、と頭を下げて、照れくさそうに入会の挨拶をした霧生に、サークルの仲間たちは拍手した。草もそれに混じって、芝生に広げたブルーシートの上で手を叩く。

「えー、めでたく今年も新入生をゲットできました。相変わらず緩いサークルですが、楽しくやっていきましょう。じゃ、乾杯」

「カンパーイ!」

四年生の会長の音頭を合図に、草は霧生と、プラスチックのカップを触れ合わせた。

お花見の今日は、満開の桜がよく映えるいい天気になった。毎年お祭りを開く桜の名所の公園で、家族連れや社会人のグループがそれぞれお酒やおつまみを持ち寄って、陽の高いうちから大宴会をやっている。

「霧生くん、うちのサークルに入ってくれてありがとな。理工学部なら俺と一緒だ。まあ飲んで飲んで」

「すみません。いただきます」

飲み会が何より好きな会長が、霧生のカップにウーロン茶を注ぐ。今年は霧生を入れて十人も新入生が増えて、会長はご満悦だ。

(莉菜もいればもっと楽しかったのに)

この間小指の糸を切った莉菜は、今日のお花見に参加していない。あれからすぐに彼氏と別れて、サークルもきっぱりやめてしまったのだ。

片や元カレの先輩は、早速新入生の女の子たちの輪に入って、莉菜のことを忘れたみたいに楽しそうにやっている。浮気の糸をさらに増やしている姿を見て、草は呆《あき》れてものが言えなかった。

「草、ビールを注《つ》いでやろうか？」

「へっ？　未成年がお酌しちゃ駄目だろ」

「佐原はもう酒いけるんだっけ。イッキとかすんなよ？　うちはそういうノリじゃないんだから」

「大丈夫です。俺そんなに強くないんで」

草がビールを飲んでいる姿を、霧生がおもしろそうな顔をして見ている。高校生の頃は売店の牛乳やジュースを飲んでいたくせに、とでも言いたげだ。

秋に誕生日を迎える霧生は、まだ十九歳だからお酒は飲めない。彼は別に酔っ払わなくても、大学生のくだけたノリが珍しいようで、先輩たちの宴会芸に始終笑いっぱなしだった。

「このサークル、楽しいな」

「だろ？　俺は去年の今頃に、学内のサイトのサークル紹介を見て入ったんだけど、ゆるーい感じが好きなんだ」

「分かる。会長さんもいい人みたいだし、誘ってくれてありがとう、草。初めての『部活』だよ」

「あはは。俺たち、高校の頃は帰宅部だったもんな」

また一緒だな、と草が囁くと、霧生はそっと肩をぶつけてくる。形だけ先輩と後輩なのにタメ口でじゃれ合っている二人を見て、向かい側に座っていた草と同じ二年生の友達が、不思議そうに首を傾げた。

「お前ら知り合い？　もしかして地元が一緒とか」

「えっと、それは——」

「はい。草とは同じ高校の同級生なんです」

「え？　じゃあ霧生くんは一浪なの？」

「浪人してうちの大学に入る奴いるんだ。物好きだな」

遠慮のない言葉と、好奇心いっぱいの視線が、霧生に向かって浴びせられる。

霧生は病気を治すために進学が遅れただけなのに。彼に聞いた話だと、高校を退学した後、転院先から今度は手術のために渡米して、完治するまで一年を費やしたらしい。その間ずっと彼は自力で勉強して、高卒の認定試験を通って大学に入ったのだ。

「あのなあ、お前ら…っ、霧生は」

何も事情を知らない友達に、一言言わずにはいられない。思わず握り締めた草のカップから、ビールの泡が弾けて手元に落ちる。白くなったそこを、霧生の差し出したハンカチが覆った。

「そうなんです、俺、センター試験でド緊張しちゃって。建築学科に尊敬する教授がいるので、一浪してこの大学に入ったんです」

「霧生——」

同い年の連中に敬語を使って、にこ、と彼は微笑んだ。そんな顔をされたら、草も黙るしかない。デリカシー不足の友達に怒ったのは草だけで、霧生は平然としている。

(なんだよ。まるで俺だけ子供みたいじゃないか)

二年以上も会わない間に、霧生は草よりずっと大人になっていた。かっと赤くなった草のうなじに、後ろから会長が缶ビールを押し当てる。

「冷たっ！」

「お前首細っこいなあ。佐原、俺と買い出しに付き合え。ソフトドリンクとつまみが足りなくなってきたから、荷物持ちさせてやる」

「は、はい」

「俺も行きます」

「会長、私も手伝いますっ。向こうに屋台がいろいろ出てるみたいですよ」

「おお、いいなそれ。たこ焼き食いたい人ー」

「はい、はい、はい！」

すごい勢いでたくさんの手が上がって、宴会が一段と盛り上がる。おかげで霧生の話題が逸れて、草はほっとした。

草と霧生、そして会長と三年生の女の先輩の四人で買い出し部隊を組んで、ソースの匂いを頼りにたこ焼きの屋台を探して歩く。公園にはお祭りのステージが組まれていて、音程の外れたカラオケの歌声が聞こえてきた。

「ごめんな、草。さっき二年の人たちに、俺のことで気を遣ったろ」

霧生は何も悪くないのに、申し訳なさそうな顔をしている。彼にそんな顔をさせたくなくて、草は小さく首を振った。

「ううん。……お前が嫌な気分になってないなら、俺は別に」

頭のいい霧生が一浪扱いで、平凡な成績だった草が現役合格なんて、不条理だ。

「病気をしてたこと、会長にだけは言っておいた方がいいんじゃないかな。あの人ならちゃんと配慮してくれるよ」

「いや、完治したから大丈夫。俺の体のことは、草だけ知っていてくれたらいい」

草の頭に掌を載せて、霧生が癖っ毛の髪をくしゃくしゃに撫でる。また自分だけ子供扱いされたようで、バツが悪い。

「霧生ならもっと上の大学に入れたのに。なんでうちの理工学部？」

「言ったろ、尊敬してる教授がいるって。小さい頃から、病院の窓の景色ばっかり見てたから、建築方面に興味があったんだ。その教授、有名なオペラホールとかを建てて、海外でたくさん賞をもらってるんだよ」

「そんな偉い教授がいるんだ。知らなかった」

「センター試験で緊張したのも本当。──でも、この大学を選んだ一番の理由は、草がいたから」

「え……」

「高校の時に、草と一緒の大学を受けようか、って言ったことあるだろ。覚えてる?」

こくっ、と草は頷いた。霧生と話したことで、忘れていることなんか一つもない。嬉しそうに笑った彼の横顔を、桜の枝を揺らした風が撫でていく。

「あれ、結構本気だった。草には速攻断られたけど」

「こっ、断った訳じゃないよ。冗談だと思ってたから――」

「俺は草には冗談なんか言わない。同じ大学を選んで正解だった。ビールを飲んでる草を見られるなんて、高校の時は考えたこともなかったよ」

ぷっ、と霧生が噴き出したのを見て、草はちょっとだけ恥ずかしかった。

「何それ。半分俺のことをからかってるだろ」

「ごめん。草が隣にいるのが嬉しくて、はしゃいじゃってる」

ぐいっ、と肩を摑まれて、霧生の方へと抱き寄せられる。彼との距離が急に縮んで、草の心臓はばくん、と鳴った。

二人の周りには、同じように肩を組んだ酔っ払いがたくさんいる。男どうしでくっついていたって、恥ずかしくないはずなのに、草は耳まで真っ赤になった。

(霧生の手、こんなに大きかったっけ)

たいして飲んでいないビールが足に回ってきて、ふらふらする。道の反対側から来る花見客とぶつからないように、霧生が草の体を、優しくエスコートして歩いていく。

（……こういうことは女の子にするんじゃないのかな）

胸の奥からやけにとくとく音がするのも、ビールのせいなんだろうか。男のくせに、霧生の片腕の中に収まっているのが、嫌じゃない。

それでも赤い顔を見られるのは癪《しゃく》で、草は照れ隠しに、ずっと前の方を歩いている先輩たちに目を向けた。

桜を見上げている会長と、たこ焼きの屋台を教えてくれた女の先輩。二人の小指の糸が、草の視界に勝手に飛び込んでくる。

（あ――）

先輩の女らしい細い指から伸びた糸が、会長の糸へ寄り添おうとしている。でも、触れ合う前に迷ったように離れて、糸の先がもじもじと渦巻きを作った。

（先輩は会長のことが好きなんだ。前から仲がいいと思ってたけど……でも）

会長の糸は、先輩とは反対方向にある桜の木に伸びて、満開の花びらの向こうへ消えている。その先にきっと、会長の好きな人がいるんだろう。会長の糸に蝶々結びはないから、彼もまた、誰かに片想いをしているのだ。

「おーい、俺らたこ焼きの列に並んでるから、その間に飲み物買ってきてくれ」

「重たい方を頼んでごめんね。別々に買い出しに行った方が早いから」

「平気ですっ。行こう、霧生」

せめて先輩に、会長と二人きりになってほしくて、草は霧生と、二手に分かれた桜並木の片方へ進んだ。偽善的なことをしている自分に、内心溜息をつきながら。

一方通行の赤い糸は、先輩と会長の距離がどんなに近くても、けっして結ばれることはない。草が何とかしてあげたくても、糸を無理矢理結んだところで、すぐに解けてしまうだろう。

「なあ、草」

先輩たちのことを考えているうちに、いつの間にか霧生の手は草の肩から離れていた。公園の敷地の外へ延びる並木道には、宴会中の人々の喧騒もあまり届かない。人気《ひとけ》の少ないそこで、霧生が誰にも聞かれたくないみたいに声をひそめる。

「まだ名前がうろ覚えなんだけど、草は、あの女の先輩のことが好きなのか？」

「えっ。な、何で？」

「さっきからじっと見詰めてたし。草は年上の人が好みなんだ」

「違う違うっ！　勝手に決め付けんな」

霧生はあてずっぽうな勘違いをしている。草はぶんぶん首を振って、彼の言葉を否定した。

「あの先輩は、今ちょっと……その、辛《つら》そうなんだ。つい気になっちゃって見てただけ」

「辛そう？」

「――うん。好きな人がいても、うまくいかないことってあるだろ。外野の俺にはもどかしくて、何とかならないかな、って」

「草は優しいな、昔から」

「別に、俺はそんなんじゃないよ」

もう一度首を振って、草は足元に落ちていた小石を雑草の陰に蹴《け》った。

自分のことを優しいなんて思ったことがない。人の糸を結んだり切ったりするのは、草のおせっかいだ。特殊能力の使い道を持て余しているのに、役に立ってほしい時に限って、何もできない。

「草は前に、背中を押すおまじないをやってたろ。あの先輩にもやってあげたら？」

霧生は草に、両手で蝶々結びをする仕草をして見せた。彼は高校の頃、草が友達の糸を結んでいるのを目撃したことがある。

「ううん、できない。松岡の時とは状況が違うから」

「松岡――。懐かしいな」

「あいつとは今でもたまにメールするよ。昨日、霧生が元気になったって早速教えといた。松岡も喜んでたよ」

「そうか。松岡も俺のことを覚えててくれたんだ」

「みんな覚えてるって。二組は地元に残った奴が多いから、霧生の情報はあっという間に回ったみたい。そのうち同窓会しようってさ」

同窓会か、と霧生が遠い目をして呟く。入退院を繰り返して、月の半分も学校に通えなかった高校時代を思い出しているのかもしれない。

今霧生が草の隣にいるのは、奇跡に近かった。どんな治療をして、どんな手術を乗り越えてきたのか、彼は詳しいことは話そうとしない。会えなかった日々の彼を、想像することしかできない自分がもどかしくて、草は、きゅ、と唇を噛んだ。

「草、俺にもあれをやってくれないかな」

「――え？」

「松岡にしたおまじない」

どきん、として、草は思わず足を止めた。霧生が誰かと糸を結びたがっている。小指の先を確かめようとしたのに、彼の左手は上着の長い袖《そで》に隠れていた。

「霧生は、背中を押してほしい相手がいるんだ？」

草の声が微《かす》かに震えて、探るようなニュアンスを帯びている。霧生が誰を好きになったのか、気になって仕方ない。

「誰？　俺の知ってる子？」

かわいい女の子を想像した途端、草の胸の奥がちくちくし始めた。霧生の答えを聞くのが、何故だか怖い。

「草もよく知ってる。――俺の目の前にいるよ」

「目の前？」

お花見の会場から離れて、ここには草と霧生の二人きりだ。きょろきょろと辺りを見回した草に、霧生は静かな瞳を向ける。

眼鏡の下の彼の眼差しが、す、と真剣になって、草はそれに魅入《みい》られたように動けなくなった。

「草。俺は草のことが好きだ」

花びらを舞わせる風と一緒に、霧生が告げた言葉。草は一瞬、何を言われたのか分からなかった。好きだ――。呆《ほう》けた頭に反響したのは、短い最後のセンテンスだけ。

「……何……。霧生、今何て……？」

満開の桜の下にいると、人は花の密度に惑わされてしまうと何かの本で読んだ。雪のように降る花びらが、すぐそばにいるはずの霧生の姿を霞《かす》ませる。

「霧生――？」

とくん、とくん、鼓動がうるさい。草の心臓が痛いほど脈打っている。霧生の心臓もそうだったのか、彼はそこを守るように、左胸の上に自分の掌を置いた。

「俺はずっと、草のことが好きだった。これからも草と一緒にいたい」

友情にしては熱烈な告白が、草の心を鷲摑《わしづか》みにする。霧生はいったい何を言い出すんだろう。痛かったはずの草の心臓が、たちまち焼け付いたように熱くなる。

「高校をやめて転院した時、草にまた会えるかどうか分からなかった。ちゃんと会えたから、もう離れないように、俺と草を結んでほしい」

草の脳裏に、マラソン大会の日の朝、霧生の乗るタクシーを追い駆けた情景が蘇《よみがえ》った。絶対に彼を失いたくないと願ったあの日。小さくなっていくタクシーを見送りながら、霧生に恋をしていたことに気付いた。

二年以上も時間が過ぎたのに、あの日と何も変わらない草が、今ここにいる。

(俺たちは親友なのに。霧生は俺のことが、好きだって)

別れ際、タクシーの中で霧生ははっきりと言ったのだ。自分たちは親友だと。ずっと、ずっと親友だと。

だから草は、霧生に初恋をしたまま、自分の気持ちを誰にも明かさなかった。男が男に恋をするのは間違っている。いけないことだと思っていたから、霧生への想いを胸の中に閉じ込めていた。

(一番の親友だから、霧生は誰のところでもなく、俺のところに帰ってきてくれたんじゃないか)

でも、初恋の人に好きだと言われたら、親友以上の『好き』を期待してしまう。霧生と恋人になれるような気がしてしまう。

勘違いするな、と自分の気持ちを抑え込んでも、うまくいかなかった。草には見えない自分の糸が、きっと霧生に向かってもじもじしている。会長に片想いをしているあの先輩のように。

「お、俺も、もう霧生と離れるのは嫌だ」

草は衝動的に、霧生の左手を自分の方へと引っ張った。彼の小指の先で揺れる赤い糸と、眼鏡の顔を交互に見詰める。

(——友達の好き、でもいい)

本当の恋じゃなくてもいい。たとえ自分たちが、親友以上にはなれなくても。霧生は病気を治して、草のそばに帰ってきてくれた。

それだけでいい。草が望むのは、霧生がここにいてくれること、たった一つだけだ。

「結ぶよ。俺と霧生のおまじない」

「ああ。絶対解けないように、きつくな」

霧生が微笑むのを見たら、草の鼻の奥がつんとした。マラソン大会の日の、別れの朝に結べなかった二人の糸を、ゆっくりと確かめるように蝶々結びにする。

でも、透明な草の糸と同化したのか、結んだはずの大きな蝶々は、あっという間に見えなくなってしまった。視界から消えてしまったそれを、草は不安な思いで手繰り寄せる。

(ここに蝶々結びがあるはずなのに。何で見えなくなっちゃうんだよ!)

両手で包んだ、何もない空間。瞳を凝らしてじっと見詰めていると、草の左手の小指に変化が起きた。

（……指先が、あったかい）

じんわりと点《とも》った温もりが、涙が出るほど嬉しかった。霧生とちゃんと結ばれている、その証拠に思えて。

「ありがとう。草。これで俺たちは、ずっと一緒だ」

霧生が自分の小指を、いとおしそうに撫でている。きっと彼の指先も、草と同じように温かいんだろう。

「うん。ずっと――ずっと一緒だよ」

頷いた草の頭上を、桜の花びらが覆い尽くす。薄桃色のカーテンに包まれた二人は、しばらくそこに立ち尽くして、互いの小指をただ見詰め合っていた。

3

オレンジ色の柔らかい照明の下、バーカウンターと五台のビリヤード台がある店内に、オールディーズが低く流れている。今時の大学生には逆に新しいその音楽を聴きながら、草はトレーにのせたカクテルを運んでいた。

「お待たせしました。カシスグレープとジントニックです」

壁際の小さなテーブルにグラスを置いて、吸殻でいっぱいになっていた灰皿を取り替える。サークルの先輩に紹介されたこのバイト先は、もう働き始めて一年近くになる。大学から離れた繁華街の片隅の、ビリヤードとお酒と音楽が好きな、常連客ばかりが集まる大人の店だ。

「草くん、花台が空いたから片付けて」

「はい」

渋い髭《ひげ》をたたえた店長が、カウンターに戻ってきた草にブラシとクロスを差し出した。

客から見てよく目立つ、店の入り口近くにあるビリヤード台を、花台という。草は深緑色のラシャにブラシをかけて、チョークで汚れた台の枠を丁寧に拭き掃除した。

カウンターの中のシンクでクロスを洗っていると、左手に違和感がある。水に濡れても、火照《ほて》ったようにじんじんしている小指。草には見えないけれど、霧生と赤い糸で結ばれた指だ。

霧生は今日は一人で、サークルのボウリング大会に参加している。草も行きたかったけれど、先にバイトが入っていたから仕方ない。こうして離れていても、霧生と結ばれていることが嬉しくて、草は飽きずに自分の指先を見詰めた。

「こんばんはー」

カラン、とドアベルが鳴って、店先が俄《にわ》かに賑やかになる。いらっしゃいませ、と声をかけようとして、草は客たちの顔ぶれに驚いた。

「何だよ、お前ら。ひやかしに来たのか」

「うわ、ひでー。お客様にその態度」

「店長、ここの店員さん凶暴だよー」

サークルの友達が三人、バイト中の草をからかってけらけら笑っている。この店とボウリング場はそんなに場所が離れていないから、サークルが解散した後に寄り道したんだろう。

「――ここが草のバイト先か。大人向けの店って聞いてたけど、本当だな」

「霧生？」

最後にドアから入ってきた彼に気付いて、草はどきんとした。霧生の顔を見た途端、小指の先が熱くなったような気がして、訳もなくそわそわしてしまう。

「草が働いてるところを見せてやるって言われて、おもしろそうだからついて来たんだ。草のその制服、かっこいいな。よく似合ってるよ」

「そ、そう？」

いつも服のセンスがいい霧生に褒められると、面映《おもはゆ》い。

白いシャツに、黒のベストとスラックス。この格好をしていると、童顔が少しだけ年《とし》相応に見えるから、草も気に入っている。

「ボウリング楽しかった？　ピン倒せたか？」

「一回だけストライク取れたよ」

「やるじゃん。全部倒れると気持ちいいよな」

「あー、それがさあ、こいつ全然駄目。ガター連発だもん。今日初めてボウリングやったんだってさ。信じられないだろ？」

友達の一人が、遊び慣れていない霧生を遠慮なく馬鹿にする。

あの重たい球を持ってピンまで投げるだけでも、高校時代の霧生には考えられないことだった。病気をしていた頃の彼しか知らない草には、たった一回のストライクがとても誇らしい。

「気にしなくていいからな、霧生。どうせこいつらのアベレージもたいしたことないから」

「言ったな、この野郎。ナインボールは俺も自信あるぞ」

「勝負してやってもいいよ。霧生はビリヤードも初めてだろ？　俺が教えてやるから、こいつら打ちのめしてやろうぜ」

ぐ、と拳を突き上げて見せると、霧生も自分の拳で草に応えた。これでも草は、店が暇な時に店長の手ほどきを受けて、お下がりのマイキューも常備している。霧生にいいところを見せられるチャンスだ。

すると、学生どうしのやり取りを微笑ましそうに見ていた店長が、半額割引のスタンプを押した伝票と一緒に、草にキューケースを渡してくれた。

「――はい、これ。負けて店の名を落としたら承知しないよ。今日のバイトは、このまま上がっていいからね」

「やった！　ありがとうございますっ」

みんなを店の奥の台へと案内して、菱形《ひしがた》のラックでナインボールの準備をする。そして草は、興味津々な顔をしている霧生に、キューの持ち方からレクチャーした。


「ああ、くそっ、悔しー！」

「草はまだしも、超初心者の霧生に負けるなんてありえねーっ」

バイト先からの帰り道。勝負にボロ勝ちした草は、悔しがる友達を横目に、ふふん、と得意げに鼻を鳴らした。

「草の一人勝ちだったな。ビリヤードがあんなにうまいと思わなかった」

「セミプロの店長に教えてもらってるから。霧生はすごく集中力があるよ。ちゃんと練習したら上達しそう」

「本当に？　また教えてほしいな」

「うん。いつでも付き合うから、店に遊びに来て」

今度は二人で、ゆっくりビリヤードをしたい。草はなかなかサマになっていた霧生のキュー捌《さば》きを思い出しながら、心の中でそう思った。

勝負の戦利品に、友達にコンビニで山ほどお酒やお菓子を奢らせて、草のアパートで飲み会をする。夜中じゅう遊べるのは、親元を離れた学生の特権だ。テレビをつければ、サッカー日本代表の国際試合を放送していて、みんなで盛り上がるＢＧＭにちょうどいい。

「ニッポン、ニッポン、ニッポン！」

友達が早速、うるさい応援を始める。狭いワンルームの部屋に、男が五人もいると人口密度が高い。草は満杯のソファの代わりに、霧生にベッドを提供した。

「しんどくなったら、そのまま横になっていいから。みんな飲み始めると長いし、先に寝ていいよ」

閉店間際までバイト先にいたから、気が付けば時計はもう日を跨《また》いでいた。こんなに遅い時間まで付き合わせて、霧生の体は大丈夫だろうか。いくら病気が完治したといっても、無理はさせたくなかった。

「ありがとう、草。——もう心配するな」

草の耳元に唇を寄せて、霧生が小さく囁く。サッカーに夢中のみんなは、テレビに釘付けで誰もベッドの方を気にしなかった。

「そう言われても、俺には癖みたいなもんだし」

霧生の隣に座って、スプリングを軋《きし》ませながら、草は組んだ膝の上に頬杖《ほおづえ》をつく。そっと霧生の左手の小指を見て、糸の様子を確かめるのも、高校時代からの草の癖だ。

(……みんなと同じくらい、赤くてしっかりした糸だ。昔の霧生の糸と全然違う)

ほっと息を吐き出して、草は手にしていた缶ビールのプルトップを開けた。

霧生の糸の先は、まっすぐに草の小指に向かって伸びている。それなのに、自分と彼との蝶々結びが見えないなんて、中途半端な力がやるせない。

「うおーっ！　入った！　一点！」

「ニッポン、ニッポン！」

「お前ら近所迷惑だから、もう少し音量下げて盛り上がれよ」

「草！　お前もこっちに座って飲めっ。一緒に応援しろっ」

「……ったく、もう」

草はベッドを離れて、テレビの前に陣取る友達の傍らに腰を下ろした。プロの華麗なプレーに夢中になるうちに、テーブルの上の缶ビールが次々と空いていく。

サッカー中継が終わる頃には、草はすっかり酔っ払っていた。お酒と眠気に負けて、友達も一人、二人、と潰れていく。結局みんな床に雑魚寝《ざこね》状態になって、足の踏み場もなくなってしまった。

「なんだよ。騒ぐだけ騒いで、みんな潰れちゃった」

「草、何か掛けてあげないと風邪をひくよ」

「うー、とりあえず毛布――」

霧生に手伝ってもらいながら、ベッドの上の毛布と、押入れにあったタオルケットを友達に掛けてやる。空き缶やお菓子のくずでいっぱいのテーブルを片付けたかったけれど、睡魔には勝てない。

「俺、どこで寝よう」

横になれるスペースを探していると、霧生がそっと草の手を取った。

「こっちで一緒に寝たらいい」

ベッドに促《うなが》されて、草はふらふらになりながら、シーツの上に倒れ込んだ。こんなに酔ったのは初めてかもしれない。部屋の照明を消してくれた霧生が、草の隣に寝転んで、心配そうに額《ひたい》や頬を撫でている。

「すごく熱い。タオルを濡らして持ってこようか？」

「ううん。霧生の手、冷たいな。熱を吸い取ってくれるみたい」

草はうっとりと瞳を細くして、霧生のすぐそばに寄り添った。お酒を一滴も飲まない彼は、指も掌も、どこもかしこもひんやりしている。体温の上がった草には、最高の抱き枕だ。

「気持ちいい――」

調子に乗って、ぎゅうぎゅう抱き付いたら、霧生は仕方なさそうに笑った。服の下から聞こえる、彼の心臓の鼓動が草を安心させる。

（霧生の心臓、ちゃんと動いてる）

左胸に耳を擦り付けて、草はぎゅっと霧生のシャツを握り締めた。甘えん坊の仕草をしたのは、きっと酔っているからだ。今にも睡魔に攫《さら》われそうな声で、霧生、と舌足らずに彼を呼ぶ。

「……草」

霧生は眼鏡を外すと、枕元にそれを置いて、右手を草の背中に回した。すっぽりと包み込まれて、彼の絶え間ない鼓動を聞きながら瞼を閉じる。

静かな夜に、まるで優しい雨のように草の耳を覆い尽くすその音色。このまま いつまでも聞いていたくなる。草が耳をいっそうすますと、いつになく声を低めた霧生の囁きが、頭上から降ってきた。

「結ばれた相手に、そんなに無防備でいていいの？」

草はきょとん、とした。無防備の意味が分からない。草はいつだって、霧生にありのままの姿を見せているだけなのに。

「霧生、何言って――」

目の前に、急に霧生の顔が迫ってくる。レンズ越しじゃない、裸の彼の瞳の強い光に魅せられて、草は一瞬、息をすることを忘れた。

「……っ」

草の半開きの唇に、ちゅ、と何かが触れる。羽根で撫でられたような、くすぐったい感覚。それが霧生の唇だったことに気付くまで、草は随分と時間がかかった。

「あ…、え…っ？」

びっくりして戦慄《わなな》いた草の唇に、霧生はもう一度触れた。柔らかく押し当てられた彼の唇。ちゅ、ちゅ、と小さく音がするたび、草の鼓動が乱れた。

キスだ。――これがキス。突然訪れたファーストキスに、草は意識も何もかも持って行かれて、瞬《まばた》きさえできなかった。

（きりゅうって、くちびるもつめたいんだ）

頭の中が混乱し始めて、どうでもいいことを考えてしまう。キスが嫌だとか、怖いとか、霧生に唇を奪われたままでは、何も考えられない。

冷たかった霧生の唇が、触れ合ううちに草の熱を奪って、同じ温度になっていく。霧生と溶けて一つになっていくような、自分の全てがかき消えて真っ白になる感覚。速度を上げた心臓の鼓動も、不器用に紡ぐ呼吸も、全部霧生と混ざり合っている。

「ふ…っ、ん……」

重ね合った唇を、霧生が柔らかさを確かめるように何度も食《は》んだ。草の背中に触れていた彼の手が、逃がさない、という風にいっそう強く抱き寄せる。

「草」

ほんの少しだけキスが解けて、火照った二人の唇を夜の空気が撫でた。霧生が名前を呼んだ声が、とても甘い。甘くて、甘くて、草はもっと蕩《とろ》けていく。

「霧生、俺たち……キスした……?」

「――した」

「なん、で。友達なのに」

「友達?」

短く言って、霧生は左手の小指と小指を、指切りのように絡《から》ませた。

「俺たちは結ばれてるから。草のことがかわいいと思ったら、キスをしたくなって当たり前だろ」

ぶわっ、と草の顔が熱くなった。今、とんでもないことを言われた気がする。

「で、で、でも、きす、あたりまえって……っ」

「しっ。――みんなが起きる」

ベッドのすぐそばで友達が雑魚寝をしていることを、草は忘れてしまっていた。

小指をきつく握り締め、まっすぐに見詰めてきた霧生の瞳は、いつもの優しい瞳じゃなかった。草が一度も見たことのない、熱っぽく潤んだそれ。至近距離の視線が絡まって、どきどきして、草はもう何が何だか分からない。

(どうしたんだろう……、俺も、霧生も。体が熱い。沸騰しちゃうよ、霧生)

助けてほしいのに、霧生の輪郭が歪《ゆが》んで、草の視界にあるもの全てが崩れる。

――許容量オーバー。大き過ぎたキスの衝撃が、お酒に酔った頭を、混乱とともにぐるぐると掻《か》き回す。それからいくらも経たないうちに、草は霧生の胸に包まれたまま気を失った。


経済学部の建物は、噴水のある中庭の正面に位置していて、学内で一番の規模を誇っている。経済学部だけで、草の高校の全校生徒より多い人数が通っているのだから、人気教授の講義ともなれば、講義室は履修生で毎回満席だ。

出席にやたら厳しい必修科目の時間中、草はぼんやりと頬杖をついて、延々と続く金融工学の説明を聞いていた。もとから数学は苦手で、この講義だけは必修から外してほしいと、草は願ってやまない。でも、今日はいつにも増して、教授の声が意味不明の呪文に聞こえる。

(――なんにも頭に入ってこない)

頬杖を崩して、草は開いたままの白紙のノートに顔を突っ伏した。板書を取るはずのシャーペンが、ころん、と転がってテキストの角を掠めていく。

昨日の夜から、草はおかしい。ふわふわと足元が落ち着かなくて、椅子に座っている今も、体が宙に浮き上がってしまいそうだ。

(霧生が急に、あんなことするから)

ファーストキスの相手が、霧生だなんて。一度も想像しなかったたし、考えたこともなかった。

(俺だって男だし、興味がなかった訳じゃないけど、でも――あいつは)

高校の時からずっと大切にしてきた、草の親友。霧生に抱《いだ》いた初恋は純粋過ぎて、彼にキスをしたいとか、生々しい欲求に結びつかなかった。

でも、一度経験してしまったら、頭の中がキス、キス、キスで一色だ。

きゅ、と噤んだ唇が、かさついたノートを擦ってむず痒《がゆ》い。昨夜からずっとそこに、キスの感触が残っている。

柔らかくて、触れた最初は冷たくて、だんだん熱くなっていった霧生の唇。あのキスにはどういう意味があったんだろう。

『俺たちは結ばれてるから』

草の耳の奥に、昨夜の霧生の言葉が蘇ってくる。真面目に講義を聞いている学生たちの中で、赤面しているのは草だけだ。

『草のことがかわいいと思ったら、キスをしたくなって当たり前だろ』

何度反芻《はんすう》しても、恥ずかしくていたたまれない。今すぐ窓まで駆けていって、うわーっ、と外へ叫び出したくなる。

こんなに混乱しているくせに、霧生にキスをされたことを、少しも嫌だとは思わない。二人で唇を触れ合わせて、一つになるあの感じ。すごく、すごく、気持ちよかった。

（え、えっちだ！　俺いやらしい）

反射的に、ぐしゃぐしゃ、とノートに頬を擦り付けていると、隣にいた名前も知らない学生から、うっとうしそうな目で見られた。いっそもっと冷たい目で叱《しか》ってほしい。キスのことしか考えられなくなっている自分に、目を覚まさせてほしい。

講義が終わってからも、草は席から立つことができずに、顔を伏せたままじっとしていた。すると、ジーンズのポケットの中で、携帯電話が震え出す。

やる気のない手つきでごそごそとそれを取り出した草は、メールの送信者を見て、思わずがばっと起き上がった。

（霧生からだ）

メールを開くのに、こんなにも心臓が高鳴ったことはない。ボタンを操作する指先に、勝手に力が入る。

『草、講義終わった？　サークルに一緒に行こう。噴水のところで待ってる』

昨日までと変わらない、霧生からのいつも通りの誘いのメール。今日のサークル活動は何だったか思い出そうとするのに、草はうまくいかなかった。

（どうしてそんなに、普通でいられるんだよ）

今朝、ベッドで一緒に起きた時も、霧生は平気な顔をしていた。普通に彼が「おはよう」と言うから、草は、あのキスはお酒が見せた夢だったのかと疑ったくらいだ。

（……俺とキスしたこと、霧生は何とも思ってないのかな）

冗談や悪戯《いたずら》だったら、笑って済ませられるから、まだいい。でも、霧生は酔っていなかったし、草をからかってもいなかった。

キスをしてきたのは霧生なのに、草だけが彼を意識している。メールの返信をするのにもあたふたして、せっかく入力した本文を間違えて消してしまった。

「うわ…っ、もう直接行った方が早いっ」

草はノートやテキストを鞄《かばん》に詰めると、慌てて講義室を後にした。学生たちで混んでいる談話室の前を走り抜けて、学部棟から中庭に向かう。

霧生たち一年生は、経済学部とは中庭を挟んで反対側にある建物で講義を受けている。教養部棟といって、一年生は各学部に分かれる前に、高校までの勉強のおさらいのような講義を受けるのだ。

噴水の周りを囲む、円形に積み上げた石段のそばで、霧生は草を待っていた。遠くから彼の姿を見ただけで、草の駆け足のスピードは遅くなる。

どんな顔をして霧生の前にいればいいんだろう。キスをした彼に、どうやって話しかければいいか分からない。昨日まで自分はどう振る舞っていたのかも思い出せない。

「草！　こっち」

草の戸惑いも知らないで、霧生は目が合った途端、笑顔になった。とびきり、という言葉はこういう時に使うんだろう。彼の笑顔がこの上もなくきらきらして見えるのは、燦々《さんさん》と中庭を照らす午後の陽射しのせいだろうか。

「あ……」

霧生の隣に、寄り添うように一人の女の子が立っているのが見えて、草は足を止めた。

（——誰？）

初めて見る子だ。二人で顔を寄せ合って言葉を交わしている、親密そうな様子が気になる。サークルの女の子と話す時より、霧生のその子に向けた眼差しが優しい。

大きな瞳が印象的な、黒くて長い髪をしたかわいい子。お嬢様風の清楚《せいそ》な白いブラウスがよく似合っている。ほっそりとした両手が女の子らしくて、とても綺麗《きれい》で、草はつい彼女の左手の小指を凝視してしまう。

草が見ていることに気付いたのか、その子はにこやかにお辞儀をした。草に向かって丁寧に腰を折る仕草。今時珍しいくらい礼儀正しい、ちゃんとした子なのだ。

霧生のそばを離れて、その子は一年生の教養部棟へと歩いていく。ブラウスのまっすぐな背中を見送っていると、いつまでも動こうとしない草に、霧生は苦笑を浮かべた。

「遅かったな。講義が長引いたのか？」

「あっ、ううん」

歩み寄ってくる霧生の足音が、噴水の涼しげな音に混ざる。さっきまでどんな顔をして会えばいいか悩んでいたことも忘れて、草は霧生を見上げた。

「……霧生、今の子は理工学部の知り合い？」

「今のって――香純《かすみ》のこと？」

霧生が女の子の名前を呼び捨てにしたから、草はびっくりした。高校の時の友達でさえ、そんな風に呼ぶのは、彼の家の近所に住むごく一部の子だけだったのに。

「あの子は医学部に通ってる友達だよ。同じ大学に入ってたって、今日偶然知ってびっくりした。一年前まで、病院で仲良くしてたんだ」

病院、という単語を、草は聞き流すことができなかった。二人は学内のよくある友達どうしじゃない。

「聞いちゃいけないことかもしれないけど、あの子も病気だったの？」

「いや、香純の弟さんが、俺と同じ病棟に入院しててさ」

「弟さんが――そうなんだ」

「毎日のようにお見舞いに来てたから、俺と香純も自然に話すようになった。一度俺が深刻な発作を起こして、ナースコールもできなかった時に、あの子が看護師さんを呼んでくれたんだ」

「え…っ」

すとん、と草の胸に冷たいものが入り込んでくる。

あの子は、霧生と同じ苦しみを知っている。彼の一番辛かった頃を知っている。草には教えてくれない、生きるか死ぬかの瀬戸際だった闘病生活を。

「香純はすごく弟思いの優しい子だよ。俺が手術でアメリカに行った後、弟さんも病気を治して、無事に退院したって。……よかった。ずっと気になってたんだ」

まるで自分のことのように、霧生はあの子の弟の退院を喜んでいる。とても爽やかな、いい顔で笑っている。

霧生と同じ病棟だったということは、あの子の弟もきっと心臓を患っていたんだろう。あの子が今医学部に通っているのは、ひょっとしたらそのことが理由なのかもしれない。

病気を治すのは大変なことだ。霧生を見てきて、それを誰よりも分かっているはずなのに、草は彼のようには喜べなかった。

(霧生は、俺の知らない子たちに、そんな顔をするんだ)

自分の心の狭さが嫌で、草は唇を噛み締めた。

発作を起こした霧生を助けてくれた人に、こんなよくないことを考えちゃいけない。でも、あの子とあの子の弟と、霧生の深い繋がりを知ってしまって、草の胸の奥が変にじりじりする。

(なんだか焼きもち焼いてるみたいで嫌だ——。俺はすごく我《わ》が儘《まま》なことを考えてる)

霧生の笑顔は罪だ。そんな魅力的な顔で笑わないでほしい。そういう顔は、できるなら誰にも、あの女の子にも見せないで。

(だって、だってあの子は)

草は見てしまったのだ。あの子の左手の小指を。

霧生に向かってもじもじと揺れていた、片想いの赤い糸を。

「草、サークルに遅刻するよ。そろそろ行かないと」

唇を噛んだまま俯いている草に、霧生は急かすようにそう言った。

霧生にあの子の糸は見えない。草だけだ。あの子の気持ちを知っているのは。

(忘れちゃえばいいんだ。俺はあの子の糸は見なかった。——見なかったんだ)

我が儘な思いが止まらなくて、草はあの子の赤い糸を、頭の中から消してしまうことに決めた。

「……えっと…、今日のサークルは、何をするんだっけ」

ぎこちない声しか出せない自分が、草は情けなかった。それでも、ずるいことをしている罪悪感より、霧生を独り占めしたい気持ちの方が勝っている。

「今日は会長さんの家に集まって、ゴールデンウィークのバーベキューの相談。何だ草、忘れちゃったのか？」

不意に、草の左手を、霧生の手が握り締めた。そのまま彼に引っ張られるようにして歩き出す。男どうしで手を繋いでいる二人を、噴水の周りにいた学生や講師たちが、物珍しそうな目で見た。

「は、恥ずかしいよっ」

「草が元気ないから、ショック療法」

「意味分かんない。離してよ、霧生……っ」

真っ赤になりながら彼の後ろをついて行く。言葉とは裏腹に、草の左手は霧生の手を握り返したまま、離そうとしなかった。

4

梅雨の奔《はし》りの雨が、しとしとと草のアパートの窓の外を濡らしている。湯気の立ったコーヒーカップを二つ、草はテーブルのあっちとこっちに置いた。

「はい、どうぞ」

「ありがとう、草。いただきます」

インスタントコーヒーなのに、いつも丁寧にお礼を言う霧生を、紳士な奴だと思う。

霧生と再会してもう二ヶ月近く経った。この部屋の小さなソファに彼が座っているのが、サークルもバイトもない日の定番の光景になっている。

霧生と一緒にいる時間が増えるごとに、草はもっと一緒にいたいと思うようになった。彼がそばにいて、とりとめのないことを話しているだけで満たされるのは、きっと小指の糸を蝶々結びにしたからだ。

もう二度と離れないように、きつく結んだ赤い糸。でも、自分たちがどんな関係なのか、草にはうまく説明できない。

霧生は一番の親友だから、彼が言ってくれた『好きだ』という言葉を、草は友情として受け取った。霧生のそばにいたい気持ちは、親友でも、それ以外の関係でも何も変わらない。

でも、草の中には、友情とは別の想いが芽生えている。

高校の頃から抱き続けた初恋の感情を、草はどう整理すればいいのか分からずに、持て余していた。霧生を独り占めしていたい。彼にそのことを、正直に告げたことは一度もなかった。自分の我が儘さを知られるのが嫌だったから。

霧生と小指の糸を結んだはずなのに、宙ぶらりんな関係はどこかもどかしい。草は自分の左手に視線を落として、見えない蝶々結びに溜息をついた。

霧生の『好き』と、草の『好き』はきっと違う。友情というオブラートに包んだ想いを、草は心の奥に追いやって、テーブルの向かい側をそっと見た。

霧生が携帯電話を覗き込みながら、垂れた前髪をかき上げている。つい撫でてみたくなるような、癖っ毛の草とは違う、しっとりとした黒髪だ。

「草、これ。『富士中央高校　第五十一期二年二組　同窓会のお知らせ』だって」

草と霧生のもとに、そんなメールが届いたのは、もうゴールデンウィークも明けて、六月に入ろうという頃だった。

「草のところにも来た？　同窓会の案内」

「うん。幹事は松岡だろ。日時をお盆にしたから、俺たちに絶対帰ってこいって、あいつが電話で言ってた」

三年の時のクラスではなく、二年のクラスで同窓会を企画したのは、霧生が二年までしか高校に通えなかったからだ。挨拶も何もなく、突然別れてしまったから、病気の完治のお祝いも兼ねて、みんな霧生に会いたがっている。

「霧生も勿論《もちろん》行くだろ？」

「行きたいけど、もう向こうに家がないしな。両親も東京に出て来てるから、泊まるところがない」

「うちに泊まればいいじゃん。霧生を連れて帰らないと、俺がみんなにボコボコにされるよ」

「あはは。草がボコられるのは嫌だな。じゃあ、お世話になります」

「うん、うちの親には連絡しとくよ。夏休み楽しみだー」

草は早速、同窓会のお知らせメールに、出席の返信をした。まだ梅雨も明けていないのに、地元の街の暑い八月が待ち遠しい。

大学は七月の半ばから夏休みに入るから、帰省までバイトをたくさんして、地元で遊ぶお小遣いを作っておこう。霧生とどこに行こうか、楽しい想像を巡らせていると、草は額をシャーペンのヘッドで突《つつ》かれた。

「夏休みの前に、やることがあるだろ？」

「うっ……」

「前期試験」

「言うなーっ」

せっかく楽しいことを考えていたのに、試験の話はやめてほしい。来月の終わり頃から始まるそれを突破しないと、草に夏休みはこない。

「草は相変わらず、テストが嫌いだな」

「テストが好きな奴なんかこの世にいないよっ」

「じたばたしたって、苦手な科目は克服できないぞ」

霧生は右手に持ったシャーペンで、テーブルの上の金融工学のテキストを指した。

「このままじゃ必修の単位が危ないって、俺に泣き付いてきたんだろ？　ほら、勉強の続きをしよう」

「もう……。優等生はこれだから……」

むむ、と唇をへの字に曲げて、草は仕方なく自分のシャーペンを手に取った。

草が苦手な科目を、霧生はテキストを少し読んだだけで理解してしまう。彼との頭の出来の違いを見せ付けられて、悔しいというより、草は純粋に感心した。

「霧生も経済学部に入ればよかったんだ。そうしたら卒業するまで、俺はテストに困らなかったのに」

「他力本願だな。経済もおもしろそうだったけど、俺は結局自分の行きたい学部を選んだよ」

「前から建築学科に行くって決めてたの？」

「ああ。一級建築士になって、ビルやホールを自分で設計してみたい。早く二年生に上がって、専門の勉強をしたいな」

霧生はこんなにもはっきりと、自分の将来のことを考えている。進路調査票を出しあぐねていた高校の頃の彼は、もうどこにもいない。

（病気が治って、霧生はこれから先のことをたくさん考えられるようになったんだ。ちゃんと夢があってすごいな。——本当に霧生はすごい。俺の何倍もがんばってる）

ずっと昔に、テレビでスペースシャトルの打ち上げを見て宇宙飛行士になりたいと思った以外、草は夢らしい夢を持ったことがない。

学年が進むにつれて、理系科目が全く駄目だと気付いて、早々に宇宙飛行士になるのは諦《あきら》めてしまった。もともと草は、夢を叶えるためにがんばろうという意欲の乏しいタイプだったのだ。

「草は何か、就きたい職業とかあるのか？」

「……うん。まだ何も考え付かないよ。地元の連中はもう就職してる奴もいるのに、俺って駄目だ」

「そんなことない。大事なことは、ゆっくり考えてもいいんだ。草にもきっと将来したいことが見付かるよ」

くしゃ、と霧生が、草の癖っ毛の頭を撫でる。甘やかされている気がして、嬉しいのに、草は言葉に詰まって彼に何も言えなかった。

同じ大学に通っていても、一級建築士を目指している霧生に比べて、草は随分見劣りがする。平凡な成績で卒業して、平凡なサラリーマンになるくらいしか、草は自分の将来をイメージできなかった。

時速二百キロで走る新幹線の車窓を、景色が後ろへ後ろへと流れていく。

草が前期試験を何とか乗り切った後、大学は夏休みに突入した。単位を一つも落とさずに済んだのは、霧生が勉強を見てくれたおかげだ。連日バイトをこなした草は、お盆の間だけ、彼と二人で東京を離れた。

「――草、ほらあれ。富士山」

「うん。なんか久々に見た。あんなにでかかったっけ？」

真夏の富士山は、緑の裾野《すその》から蒼《あお》い山肌のグラデーションを描いた、一年で一番勇壮な姿をしている。小学生の頃に、遠足で五合目まで登ったほど身近に感じていた山も、霧生と一緒に見ているというだけで、前とは違う山に感じるから不思議だ。

「綺麗だな……。高校をやめて、地元を離れる時に見たきりだ」

「あのマラソン大会の日？」

「ああ。あの日の富士山は雪に覆われてて真っ白だったよ」

凍《い》てつくように寒かったあの日とは逆向きに、新幹線は真夏の陽炎《かげろう》を突っ切りながら、草と霧生を次の駅へと運んでいく。

草が地元に帰省するのは、大学に入ってから初めてのことだ。同窓会に霧生を連れて行けることが嬉しくて、草は昨夜よく眠れなかった。隣で車窓を見詰めている霧生も、少し腫れぼったい眠たそうな目をしている。きっと彼は、草以上に同窓会を楽しみにしているに違いない。

滑るようにレールを走った新幹線は、しばらくして三島《みしま》駅に到着した。帰省客でごった返すコンコースを歩き、南口の出口に向かっていると、改札の外から草と霧生を呼ぶ声が聞こえてきた。

「いたいた！　草！　霧生！　こっち！」

「二人ともお帰りーっ！」

同窓会の幹事の松岡と、同級生たちが数人、賑やかに手を振っている。草と霧生は顔を見合わせてから、喜び勇んで改札を抜けた。

「松岡、みんなも、ちゃんと霧生を連れて帰って来たぞ」

「佐原くん偉い！」

「霧生くん、元気そうでよかった」

「私たちみんな、霧生くんと離れてからも、ずっと応援してたんだよ」

「ありがとう――。またみんなに会えて嬉しい」

同級生たちに囲まれた霧生は、みんなに温かい言葉をかけられて、顔をくしゃくしゃにして笑っている。今にも泣き出しそうなその顔を見て、女の子たちも瞳を潤ませた。

霧生の病気が完治したことは、草から松岡経由で情報が回って、同級生の全員が知っている。高校を卒業してからも二年二組のクラスは結束が固い。草がもらい泣きしそうになるのを必死で我慢していると、松岡が幹事らしくみんなを誘導してくれた。

「お前ら、感動の再会は同窓会まで取っておいて、とりあえず移動しよう。そろそろ他のみんなも集合してる頃だ」

「はーい」

「草と霧生は、荷物それだけ？　一旦家に寄るか？」

「ううん、全部宅配便で送っちゃったから、このまま直接同窓会に行けるよ。松岡、今日はどれくらい集まんの？」

「担任だった山川先生も来るし、出席率ほぼ百パーセントだ。あいつ、今もうちの高校で数学を教えてるんだよ」

「そうなんだ？　山川、久しぶりだなあ」

みんなで駅の外へ出て、バスやタクシーが行き交うロータリーを繁華街の方へと向かう。

草が帰省しなかった一年半のうちに、駅前の風景は少し変わっていて、見慣れない店の看板が増えていた。

同窓会会場の居酒屋に到着すると、一クラス分の座布団が並んだ座敷に通される。上座に座っていた山川先生が、草と霧生に気付いて腰を上げた。

「やあ、霧生くん、佐原くん。遠いところを大変だったね」

「山川先生、ごぶさたしています」

「こんちはーす」

久しぶりに見た山川先生は、顔も体も以前より少し丸くなっていた。一年前に古文の吉見先生と晴れて結婚して、近々子供が生まれるらしい。絵に描いたような幸せ太りだ。

(山川の小指の糸、前に見た時よりつやつやしてる。好きだった人と恋人になって、結婚して、家族にもなれるなんていいな)

幸せな恋の結末を目にすると、草も胸の奥がふわっと温かくなる。でも、それと同時に複雑な気持ちも湧いてきた。

(……蝶々結びで繫がってても、男どうしじゃ、結婚できないし。何だか不公平だ)

草が羨《うらや》ましい思いで見詰めていることに気付かずに、山川先生は草と霧生の肩を交互に叩いて、感極まったように、うん、うん、と頷いた。

「霧生くん、君の元気な顔を見ることができて先生は嬉しいです。佐原くんは卒業式以来だね。君たちが帰ってきてくれて、また二組のみんなで集まることができて、よかった。霧生くんの体が治って、本当によかった…っ」

「先生――」

熱血タイプで、感激しやすい山川先生は、教え子との再会に男泣きしている。草は在学中から、感情豊かなこの先生を慕っていた。それは霧生も、他の同級生たちも同じだ。

「あーあ、霧生が先生を泣かしちゃった」

「霧生くんがいけないのよ。みんなに何も言わずに学校をやめたりするから。私たちがあの時、どれほどショックを受けたと思う？」

「ごめん。そのことは、みんなにちゃんと謝らなきゃいけないと思ってたんだ。先生すみませんでした」

「いいんだよ、霧生くん。先生のこれは嬉し泣きだからね。みんなも君のことを怒っていないよ」

「そうだよ。お前が元気になったから、全部チャラだ！」

みんなから髪を撫でられたり、ばしばし肩や背中を叩かれたりして、霧生はもみくちゃにされた。昔から彼はクラスの人気者だったけれど、今日は特別だ。

みんなの再会の興奮が収まるまで、霧生には近付けそうもない。草は仕方なくその場を離れて、忙しそうに同窓会の準備をしている松岡を呼んだ。

「松岡、幹事の手伝いですることある？　俺ヒマだから何でも言って」

「助かるー。とりあえず乾杯の飲み物を運んでくれ。ユキ、草と厨房に行ってくるから、席順のクジをみんなに回しといて」

はあい、とユキちゃんが息の合った返事をして、クジが入った箱を手にみんなの輪の中に入っていく。ひらりと揺れた彼女の小指の糸の先に、松岡の糸と繋がった蝶々結びがある。

（よかった。相変わらずこの二人は、うまくいってるみたいだ）

幼馴染で、野球部の四番打者とマネージャーだった二人。蝶々結びが今も健在だったことを、草はこっそり心の中で喜んだ。

「松岡、ユキちゃんすごく美人になったな」

「そうかあ？　別に幼稚園の頃と変わんねぇし」

「照れんなって」

松岡をからかいながら、草は瓶ビールの重たいケースを担いで、厨房と座敷を往復した。同級生の三分の一は未成年だから、ソフトドリンクも忘れちゃいけない。

一次会の参加者が全員揃《そろ》った頃、店の人が大皿の料理を運んできてくれた。みんなのグラスに飲み物が行き渡って、松岡の音頭で乾杯が始まる。

「遠いところに住んでる奴も、地元の奴も、みんな同窓会に集まってくれてありがとう。山川先生にもお忙しい中、駆け付けていただきました。今日は霧生の快気祝いも兼ねてます。

二年二組がやっと揃ったので、今日は楽しい同窓会にしましょう。では、乾杯」

歓声とともに、かちん、かちん、とみんなでグラスを触れ合わせた。クジで隅っこの席になった草も、控えめにグラスを掲げる。

草にとっては久しぶりに会う同級生たちばかりで、話題は尽きない。無礼講の同窓会はとても盛況で、料理もビールも、もちろんソフトドリンクも、次々に追加注文することになった。

「草、霧生って、お前と同じ大学なんだって？」

「うん。学部は違うけど、サークル一緒だし、しょっちゅう二人で遊んでるよ」

「いいなあ、二人とも東京の大学で。俺は地元に就職しちゃったから、めったにそっちに遊びに行けないよ」

「大学にかわいい子いる？　彼女できた？」

「へ？　ええっと……女の子の友達はけっこういる」

「紹介しろよ、こいつー」

友達に頭や肩を小突かれて、高校の頃と変わらない遠慮のなさに、草は苦笑した。大学で女の子の友達はたくさんできても、彼女は作れなかった。どうして作れなかったか、その理由は、気心の知れた同級生たちにも絶対言えない。

（──女の子といるより霧生といる方がいいって、みんなに言ったら気持ち悪がられるかな）

草はビールを泡ごと口に含んで、グラス越しに霧生を探した。

草と遠い席になった霧生は、同級生たちに代わる代わるウーロン茶をお酌されて、律儀に一口ずつ飲んでいる。二年ぶりに彼に会うみんなの顔は嬉しそうで、誰も席を離れようとしない。人気者の霧生を見ていると、ふと草の中に寂しい気持ちが湧いた。

(もてもてだ、霧生)

霧生と席が遠い分、何だかぽつんと取り残されたような気がする。周囲はとても賑やかなのに、草だけ会話から遅れがちで、霧生のことばかり目で追ってしまう。

(やめよう。今日は霧生はみんなのものだ。俺はいつでも会えるし――ほったらかしでも、別に寂しくなんかないし)

自分で自分の気持ちを否定して、ぐーっとビールを呷《あお》る。苦いそれを喉《のど》に流し込んでも、同級生たちとはしゃいでも、一度草の胸の中に湧いたもやもやは、すっきりと晴れてはくれなかった。

午後から始まった同窓会の一次会は、飲んで食べて三時間くらいでお開きになった。何人かが仕事や用事で脱落して、二次会から参加する同級生たちと入れ替わりになる。

会の最後まで付き合うと最初から決めていた草は、自然と幹事の助手のような役割になって、クジ引きの箱やら宴会用のふざけたタスキを持たされていた。

「松岡、二次会のお店どこだっけ？」

「広小路《ひろこうじ》のカラオケ。一番でっかい部屋を取ってるんだけど、予約の時間まで、まだ少しあるな。——なあ、みんなで学校に行ってみないか」

「いいねー！」

「行く行く！　久しぶりに校舎の中を見てみたい」

幹事の提案に、反対する奴は誰もいなかった。草たちが通った富士中央高校までは、今いる場所からそう遠くない。

山川先生が学校の事務室に電話をかけて、訪問の許可を取ってくれる。みんなでぞろぞろと連れ立って十五分ほど歩くと、懐かしい通学路に行き着いた。

「この辺はあまり変わってないな」

草は独り言を呟きながら、高校時代に毎朝見ていた、霧生の赤い屋根の家を探した。でも、以前は確かに家があった場所に、小さなビルが建っている。

大切な思い出の一つがなくなってしまって、草は寂しくなった。草より何メートルか前を歩いていた霧生は、ビルの前で立ち止まって、何かを考えるように黙ってそれを見上げている。

「――――」

静かに佇《たたず》む彼の様子に、草はつい見入ってしまった。赤い屋根の家があった頃、青白かった彼の横顔は、今は小麦色に焼けている。すると、草の視線に気付いたのか、霧生が後ろを振り返った。

眼鏡のレンズ越しに、まっすぐに向けられた彼の眼差し。霧生の唇が、草に何かを言いたそうに、小さく動く。

「何？　霧生」

「ほらー、霧生くん、ぼうっとしてると置いてっちゃうよー」

草の声を遮るようにして、同級生たちが霧生を急かして歩き出す。二人が見詰め合っていた時間は、束《つか》の間《ま》だった。

(霧生も、自分の家がなくなって寂しいんだろうな。俺は何回もここに遊びに来たっけ。ノートを貸したり、プリントを持って来たり。――あのマラソン大会の日に、霧生とここで別れたんだ)

寒い冬の日に、霧生の乗ったタクシーを見送った場所。西に傾き始めた真夏の陽射しが、思い出の道を辿る草のスニーカーの足に注いでいる。

ビルを通り過ぎると、青々と茂った銀杏《いちょう》の並木道の先に、高い塀と門に囲まれた校舎が見えてきた。

「卒業してからそんなに経ってないのに、すっごく久しぶりな感じ」

「何だか、ただいま、って言いたくなるよね。先生、二組の教室に行ってもいい？」

「いいですよ。事務の人には言ってあるから、自由に散策して構いません。ただし、みんな静かにすること」

「はーい！」

山川先生の言葉に、同級生たちは在学中よりもいい返事をした。

母校の正門をくぐり、校舎の入り口で来客用のスリッパに履き替える。お盆の学校に生徒は誰もいなくて、二年二組の教室も、ひっそりと静かだった。

「うわっ、この机懐かしい」

「教室の中暑いよー。窓開けよう、窓」

草の机は教室の後ろの方。霧生の机は、窓際の列の真ん中辺り。みんなそれぞれ、自分が使っていた机を撫でたり、黒板の隅の日直欄にチョークで名前を書いたりしている。

草が閉め切られていた窓を開けると、涼しい風が教室の中のこもった空気を浚《さら》っていった。窓辺から見渡せるグラウンドには、白い石灰で描いた楕円のトラックがある。そのグラウンドで、マラソン大会の練習を嫌々させられたことを思い出していると、隣から霧生の声が聞こえた。

「結構よく見えるだろ？　草は長距離を走らせると、いつも周回遅れだった」

「そう言えば、グラウンドから霧生に手を振ってて、先生に怒られたことがあったっけ」

「あったあった。——草たちが体育の授業をしてる時、俺は羨ましかったな」

「霧生……」

「病気が治ったら、みんなと一緒にグラウンドを走りたいって、いつも思ってた」

それは彼の切実な思いだったんだろう。窓の外を見詰める霧生の顔は、とても真剣だった。

「なあ、草。今度は草が、俺のことを見ていてくれないか」

「え？」

「今からグラウンドを一周する。草やみんなと同じように、俺も走れるんだって、証明したいんだ」

強い意志を持った瞳で、霧生はそう言った。日に焼けた彼の顔に、高校の頃の青白かった顔を重ね合わせて、草はたまらない気持ちになった。

「駄目だよ、霧生。もし…っ、もし心臓に何かあったらどうするんだ」

知らないうちに大きな声が出てしまい、教室の中で思い思いに過ごしていた同級生たちの目が、草へと集まってくる。でも、草はそんなことを気にしていられなかった。

「霧生、無茶するな。証明なんかしなくていい」

「俺の病気はもう治ってる。高校の頃とは違うんだ。心配いらないよ」

「でも——」

「草。俺は二度と、草にそんな顔をさせたくないんだ」

はっとして、草は自分の青褪《あおざ》めた頬に手をやった。

霧生の体のことが心配で、彼の小指の糸を見るたび、はらはらしていたあの頃。あの頃と同じ顔をしている草に、霧生は優しく笑いかけてから、一人で教室を出て行った。

「霧生…っ！」

「草？　霧生の奴、どうしたんだ？」

「――あいつ、グラウンドを走りたいって。一周してくるって言ったんだ」

嘘だろ、と同級生たちがどよめく。霧生が走るなんて、彼の病気を知っているみんなにとっても考えられないことだった。

松岡やユキちゃん、みんな次々に教室を飛び出して、霧生の後を追い駆けていく。でも、草の足は床に張り付いたように動かなくて、一歩も前に進めなかった。

(俺があんな顔したからいけないんだ。霧生に何かあったら、俺はどうしたら……)

もう一度窓からグラウンドを覗くと、霧生は草の心配をよそに、走るための準備体操をしている。アキレス腱を伸ばしている彼のところへ、同級生たちが集まりだした。霧生を止めてほしかったのに、説得されてしまったのか、みんなはいつの間にか彼を応援し始めた。

「俺たちも一緒に走るからな！」

「絶対無理しちゃ駄目だよ、霧生くん！」

「ありがとう。これは俺の夢だから。みんなにも見ていてほしい」

グラウンドから、教室にいる草のもとへ、みんなと霧生の声が聞こえてくる。霧生の決心はとても固くて、草は黙って彼の挑戦を見守るしかなかった。

同級生たちが霧生を援護するような陣形を組んで、トラックの白いスタートラインに一斉に並ぶ。草の体を一瞬緊張が包んだ。

「用意——ドン！」

松岡が右手を挙げ、学校中に響くほど大きな声で、スタートを切る。それと同時に、草の呼吸が速くなり、握り締めた両手にも力がこもった。

霧生が一歩、足を踏み出す。続けてもう一歩。しっかりと前を向いて、彼は走り出す。

同級生たちの応援の声が、グラウンドから校舎に跳ね返って、うねりのように草を震えさせた。どくん、どくん、心臓が痛い。霧生と心臓が入れ替わったのかと思うほど、その痛みは鮮明だった。

トラックの第一コーナーを回って、彼は軽い足取りで次の直線に入っていく。霧生が走る姿を見るのは、草は初めてだった。

『病気が治ったら、みんなと一緒にグラウンドを走りたいって、いつも思ってた』

その言葉が嘘でなかったことは、霧生の微笑んでいる顔を見れば分かる。マラソンなんて同級生の誰もが嫌いで、真冬のマラソン大会も中止になればいいとみんな思っていたのに。

それなのに、幸せそうな顔で走る霧生を見ていると、草は切なくてたまらなくなる。どんなに彼が走りたかったか、走れない体をもどかしく思っていたか、今やっと気付いたから。

霧生は体育の授業中、この教室からどんな思いでみんなのことを見ていたんだろう。教室からグラウンドの距離は、近いようでとても遠い。いつも一人で自習をしていた彼が、寂しいと思わなかったはずはない。

(ずっとそばで霧生のことを見ていたのに。あいつの気持ち、ちゃんと考えてやれなかった。ごめん。ごめんな、霧生)

草は窓のサッシに両手をついて、そこから身を乗り出した。直線から第三コーナー、そして最終コーナーへ。草がじっと見守る中、グラウンドに影を作りながら走っていた霧生が、不意にペースを落とした。

「霧生——？」

左胸の上に手を置いて、霧生はシャツのそこをぎゅっと握り締めている。まるで心臓がちゃんと動いているか確かめるような仕草だった。

彼の足はいつの間にか止まり、一緒に走っていた同級生たちが、おろおろと動揺し始めた。それを見た瞬間、草の背中に冷たい汗が伝う。

(まさか、霧生の心臓が)

彼の左胸から悲鳴が聞こえてきそうで、草はいてもたってもいられなかった。窓から階下へ飛び下りたいのをこらえて、教室を駆け出す。

グラウンドへとダッシュする間、草の頭は真っ白だった。やっぱり霧生を走らせるんじゃなかった。空白の頭に後悔が次々と湧いてきて、駆ける両足が縺れそうになる。

「霧生！」

やっとグラウンドに辿り着いた草は、霧生のもとへと駆け寄ろうとした。でも、彼の叫ぶような声が草を止める。

「駄目だ！」

「霧生、どうして……っ」

「そこにいてくれ。草。絶対草のところに行くから。そこで待っててくれ」

霧生は胸の上から手を離して、大きく深呼吸した。彼の真剣さに、草も、同級生たちも、誰も何も言えなくなる。

草のスニーカーの足元には、スタート地点の白いラインがあった。ゴールにもなっているそこに立ち尽くして、草は汗ばんだ両手をぎゅっと握り締めた。

「分かった。お前のこと待ってるから、ここまで自分の足で走ってこい！」

霧生の体が心配で仕方ない。でも、草は彼のしたいようにさせたかった。彼の心臓を信じたかった。

「草――」

霧生は静かに頷いて、もう一度足を踏み出した。一歩一歩、彼はゆっくりと草へ近付いてくる。何十メートルかの直線を、彼が少しずつ距離を縮めるごとに、草の瞳の奥は熱くなっていった。

「がんばれ、霧生くん」

「もう少しだ。がんばれ！　がんばれ！」

グラウンドに同級生たちの声援がこだましている。それに後押しされながら、霧生は走った。ザッ、ザッ、と乾いた土を蹴って。泣き出しそうになりながらゴールで待つ草のもとへ、まっすぐに。

「霧生。早く。そうじゃないと、俺……っ」

今にも涙が落ちそうになって、草は我慢できなくて目を瞑《つぶ》った。

眩暈《めまい》がするほどの同級生たちの熱狂と、次第に大きくなる霧生の足音。太陽が透けて赤くなった瞼の裏に、黒いものがよぎったその時、草は強い力で抱き締められた。

「草」

激しい呼吸音と混ざり合って聞こえた、自分の名前。汗だくの体で抱き付いてきた霧生を受け止めて、草はそのまま、グラウンドに倒れ込んだ。

服の背中が汚れてしまっても構わない。霧生の沸騰したように熱い体を、草はありったけの力で抱き締め返した。

霧生の心臓は止まることなく動き続けている。彼がグラウンドを一周できたことが、草は嬉しかった。嬉しくて、嬉しくて、涙が溢れ出すのを止められなかった。

「草。はし、れた。ちゃんと」

「うん…っ。霧生。よくがんばったな。霧生…っ」

「もう、草のことを、心配させないから」

「うん。——もうしない。お前にあんな顔、絶対見せない」

「草が、いたから、ここまで走れた。ありがとう」

霧生の囁きも、草の泣き声も、同級生たちの拍手や啜《すす》り泣きも、うるさい蟬《せみ》の声に混ざっていく。抱き締め合い、重なり合った二人の鼓動さえも、何もかも。

涙で霞んだ草の視界から、入道雲の育った夏空が消えていく。体中で受け止めた霧生の重み。ただそれだけがいとおしい。完走を喜ぶ同級生たちがいなかったら、きっと草は、霧生にキスをしていた。

(大好きだ。——霧生、俺はお前のことが、大好きだよ)

教室から手を振っていた霧生に、グラウンドから手を振り返したあの頃より、もっと、もっと強く。抱き締めたまま霧生を離したくない。確かなこの気持ちは、淡かった初恋とは全然違う。

(俺はもう一度、霧生に恋をしたんだ)

汗で濡れた彼の髪に、草は両手の指を梳《す》き入れて、ぐしゃぐしゃにかき回した。このまま霧生と一つに溶けて、真夏の一部になりたい。

草は霧生に、二度目の恋をした。

5

夏休みが終わり、九月になって、大学は後期の講義が始まった。草《そう》も霧生《きりゅう》と一緒に東京に戻って、休みボケの頭と体をどうにか動かしながら、講義とバイトの毎日をスタートさせた。

お盆を霧生と実家で過ごした後、地元の駅を発《た》つ時、松岡《まつおか》や同級生たちの何人かが見送りに来てくれた。みんなが名残惜《なごりお》しそうに霧生と握手をしていたことを、草は昨日のことのように思い出せる。

霧生と一緒に新幹線に乗り込みながら、ほんの少しの申し訳なさと、それと同じくらいの優越感を抱《いだ》いたことは、みんなには秘密だ。

でも、その優越感は、大学が再開してからあっけなく消えてしまった。霧生のそばにいると、結構な数の女の子が、彼に向かって片想いの赤い糸を伸ばしているからだ。

「霧生くんは、夏休みどこか行ったの？」

「高校の時の同窓会があって、地元に帰ったよ。お土産を持って来たから、少ないけどみんなで食べて」

九月に入って最初のサークルの日。今日は教養部棟の小さな講義室を借りて、みんなで会議という名の雑談をしている。

「ありがとう！　霧生くんってめっちゃ優しいー」

「あっ、俺と草――佐原《さはら》先輩との共同出資だから」

「そうなの？　佐原先輩すみません。いただきます」

「う、うん。どうぞ」

一年生の女の子に、霧生への『ありがとう』と比べると随分テンションの低いお礼を言われて、草は苦笑いした。興味のない男に対する女の子の態度は正直だ。

同窓会でも霧生はもてていたけれど、大学でも彼は女の子に人気がある。顔も頭も人並み以上で、物腰が柔らかい好青年だから、先輩も同級生も放っておかないのだ。

（……霧生にもし、小指の糸が見える力があったら、きっとびっくりするだろうな）

彼の周りは、もじもじそわそわしている糸で囲まれていて、まるで海中のイソギンチャクのように見える。

霧生と再会して約半年。日を追うごとに糸の数が増えているように思えるのは、気のせいだろうか。自分の好きな人がもてているなんて、複雑な気持ちしか湧いてこない。たとえ霧生の糸が草の糸と結ばれていても、嫌なものは嫌だった。

（毎日赤いイソギンチャクを見るくらいなら、こんな力は、ない方がいいかもしれない）

はあ、と溜息《ためいき》をついて、草は霧生に向けていた視線を、自分の膝の上に落とした。糸が見えさえしなければ、こんなに胸が騒ぐこともないのに。

女の子たちの誰かに、いつか霧生を持って行かれてしまうんじゃないか。漠然とした不安が広がってきて、草の胸はますますざわついていく。

女の子なら霧生の恋人になっても、何もおかしくない。でも、男の草に、それは多分難しい。草が霧生と小指の糸を結んでから、友達の枠を飛び越えたのは、キスをしたただ一度きりだ。

(そう言えば、あれから霧生と何もしてない)

彼と実家に泊まったり、夏休みの間も二人きりで過ごすことが多かったのに、キスをするようなムードにはならなかった。

草の唇には、霧生と二人分の体温で溶けていくキスの感覚が、今も鮮明に残っている。もう一度彼の唇に触れたくて、でも自分から触れる勇気はなくて、どうすればいいのか分からない。

(霧生のこと、大好きなのに――)

ひたむきにグラウンドを走る彼の姿に魅了されて、本当の恋人になりたい、と、草は強く思うようになった。

ファーストキスを奪われたままで、友達と変わらない関係を続けるのは、草には辛《つら》い。霧生に対する気持ちは、もう初恋を超えてしまっているのだ。

(霧生は俺のことを好きだと言ったけど、本当はどう思ってるんだろう。もうキスしたくな

いのかな。もしかしたら一回だけ、好奇心でしてみたかっただけなのかも）

自分で自分を落ち込ませるようなことを考えながら、草は霧生へと視線を戻した。すると、彼は草のすぐ隣の席までやって来て、余ったお土産のチョコクッキーの包みを開けた。

「草、半分こしよう」

「うん……」

「大きい方をあげる」

眼鏡の下の彼の微笑《ほほえ》みは、今日も爽やかで眩《まぶ》しい。はい、と口元にクッキーを差し出されて、草は無意識のまま、唇を開けた。

半分にしたもう片方を食べた霧生は、唇に、暑さで溶けたチョコをくっつけている。

「ここ、チョコついてるよ」

「え？」

拭いてやろうとして、草が霧生へと指を伸ばすと、彼は舌先でぺろりとチョコを舐《な》めた。唇の中へと引っ込んでいくその舌が、やけに赤く見えて、草はどきどきする。

（セクシーって言うんだ。こういうの）

今霧生とキスをしたら、きっとチョコの味がする。蕩《とろ》けるように甘かったファーストキスより、もっと甘いはずだ。

「おーい、全員揃《そろ》ったかー？　来月以降の活動スケジュールを決めるから、希望があればどんどん言ってくれー」

会長のよく通る声にはっとして、草は頭を現実に戻した。とても昼間とは思えないような妄想に耽《ふけ》っていた自分が恥ずかしい。一人で顔を真っ赤にして、草は俯《うつむ》いた。

「草？　どうした？」

霧生が草の顔を覗《のぞ》き込むようにして、心配そうに囁《ささや》いている。キスのことばかり考えていたなんて、彼には正直に言えない。

「何でもない。……ちょっと顔洗ってくる」

草はいたたまれなくなって、後ろの方のドアからこっそりと講義室を出た。

さっき見た霧生の赤い舌。柔らかそうなあれに触れて、ちょっと嚙《か》んでみたりしたい。自分の舌を絡《から》めたりして、ファーストキスより、もっとうんと霧生を感じたりしたい。

洗面所に駆け込んで、気付かないうちに噴き出していた汗を洗い流しても、草の頭の中で妄想はどんどん膨らんでいく。

（俺、変なのかな。おかしい奴なのかな。霧生と一緒にいると、俺とまたキスをしてくれるんじゃないかって、期待しちゃうんだ——）

誰よりも霧生のそばにいるのに、じりじりするのは草だけで、気持ちが空回りをしているようで滑稽だ。蝶々結びで繫《つな》がった彼の、心の中が知りたい。

霧生が草にくれた、『好き』という言葉。あれは『友達の好き』なのか、『恋人の好き』なのか。たった一度だけのキスでは、霧生の本当の気持ちが分からない。

草は水で濡《ぬ》れた頬《ほお》を、ぱしっ、と両手で挟んで、顔を上げた。洗面所の鏡に映った左手の小指に、赤い糸は見えない。霧生との蝶々結びも。

今まで友達の糸を結んだり、切ったりして、みんなの背中を押してきた。霧生とキスがしたいくせに、正直になれない自分の背中を押すには、いったいどうしたらいいんだろう。

草がどんなに考えても、見えない小指の糸と同じように、何も答えが見付からなかった。


九月も半ばを過ぎると、残暑は緩やかになって、梅雨に似たどんよりとした日が多くなる。そんな曇り空の水曜日の午後。休講になった草は、バイト先の大掃除に呼ばれて、店内に百本以上はあるハウスキューの乾拭きをしていた。

マイキューを持っていない客は、重さや太さの違うそれらを、自分の手に合わせて使う。ぴかぴかになるまでクロスで拭いていると、さすがに手が痛くなって、最後のキューを仕上げる頃には、二の腕まで筋肉がぱんぱんになってしまった。

「草くん、今日もご苦労さま。今月のバイト代を渡しておくね」

「ありがとうございます」

毎月一度の、草の財布が潤う日。先月のバイト代のほとんどは帰省とお土産代に使ってしまったので、店長が渡してくれた茶封筒がとてもありがたい。

バイトを終えた草は、店を出て閑散としている繁華街を歩いた。大学や学生たちのアパートが集まった地区は、通りを何本も抜けたその先にある。自転車や電車を使うほどの距離ではないから、草はいつもその道を徒歩で通っていた。

「湿気でむしむしする。降ってきそう」

灰色の空を見上げると、まるでタイミングを合わせたように、草の頬に雨粒が落ちた。斜め掛けのバッグの中を探ってみても、こんな日に限って折り畳み傘を入れていない。

仕方なく走って帰っていると、雨脚はみるみる強くなる。自分のアパートより霧生のアパートの方が近いことに気付いて、草は雨宿りをさせてもらうことにした。

「部屋にいるかな、霧生」

慌てて携帯電話を取り出して、なるべく濡れないように手で隠しながら霧生の番号を呼び出す。でも、発信ボタンを押す前に、雨に煙った道の向こうに、彼のアパートが見えてきた。

「……あ……」

三階建てで、全部で十六室あるうちの、一階の角。霧生の部屋のドアが開いて、中から彼と、一人の女の子が出てくる。

（あの子だ。弟さんが霧生と同じ病院に入院していた子）

確か名前は、香純《かすみ》といった。霧生が名前を呼び捨てするくらい親しくて、あの子の方も、彼に片想いの赤い糸を伸ばしていた。

わざわざ霧生の部屋で、二人で何をしていたんだろう。とても気になるのに、確かめるのが何だか怖くて、草はアパートを見詰めたまま、電信柱の陰で立ち尽くした。

しばらくすると、あの子——香純が傘を開いて、霧生に見送られながらアパートの敷地を出て行く。部屋のドアが静かに閉まったのと、香純が草のいる方へ向かって歩き出したのは同時だった。

（わわっ、こっちに来る…っ）

草は慌てて、電信柱にぴったりと体をくっつけた。まるで不審者のようなその姿を、香純に擦《す》れ違いざま見られてしまう。

「あの、濡れていますよ？」

話しかけられて、草はびっくりした。全然予想もしていなかったから、驚き過ぎて声が裏返る。

「えっ、あっ、そ、そうです、ね」

「よければ傘にどうぞ。タオル持ってますから、使ってください」

「いえ、いいです、あのっ」

「確か、大学で会ったことありますよね。中庭の噴水のところで、遠くから見かけただけですけど。明央《あけお》くんのお友達でしょう？」

「え…、ああ、覚えててくれたんだ」

一度挨拶を交わしただけなのに、香純に顔を覚えられていたとは思わなかった。草の頭上に傘が翳《かざ》され、淡いピンク色のそれが雨を遮ってくれたおかげで、冷えそうだった体が少しだけ温度を取り戻した。

草を傘に入れた分、香純の肩は傘からはみ出して、薄いブラウスが雨に濡れている。そのことを気にもしないで、バッグからタオルを取り出そうとしている彼女に、草は困惑した。

（どうしよう。この子はすごく優しい——）

前に霧生が言った通りだった。今時こんなに気遣いのできる子がいるなんて。清楚《せいそ》なお嬢様らしい雰囲気で、顔もかわいくて、性格もいいなんて最強だ。普通の男なら誰でも香純のことが気に入ってしまうに違いない。

（霧生とこの子のことを、もう少し知りたい。こんなチャンス、めったにないよな）

草は思い切って、香純を誘ってみることにした。

「傘に入れてくれたお礼に、お茶でもおごるよ」

「え？」

「すぐそこにマックがあるから。その……俺のせいで風邪ひかせちゃ悪いし。時間があったら、で、いいんだけど」

「――時間は平気です」

「じゃあ、行こ？」

ナンパに間違われるかな、と不安になったけれど、意外にも香純は嫌がらずに、すんなりとOKしてくれた。

歩いて三十秒の距離にあるマックで、コーヒーとパイを注文して二階席に上がる。三時のおやつにはまだ早い時間帯で、客はまばらだった。

「どうぞ」

「ありがとうございます。いただきます」

草がコーヒーを勧めると、香純は丁寧にお礼を言った。向かい合わせに座った席は窓が近くて、ガラスを叩《たた》く鈍い雨音が響いている。

香純を誘ったはいいものの、草は何から聞き出せばいいのか分からなくて、戸惑っていた。友達じゃない女の子と二人きりになったのも初めてだし、香純のような上品そうな子の前だと、なおさら緊張してしまう。

考えてみれば、まだ草は自分の名前さえ言っていなかった。すると、まごついている草よりも先に、香純が口を開いた。

「私は紀本《きもと》香純といいます。医学部の一年生です」

「あ、うん、よろしくね。俺は……」

「佐原草さん、ですよね？」

「えっ？　どうして俺の名前を知ってるの」

「明央くんが教えてくれました。佐原さんは高校の時の同級生で、一番親しくしていた人だって」

大学の中庭で遭遇した後に、霧生がきっと香純に教えたんだろう。草はバツの悪い思いで、頭をくしゃくしゃに掻《か》いた。

「私の弟が、明央くんと同じ病院に入院していたことは知っていますか？」

「う、うん。……ごめんね。とてもプライベートなことを、初対面同然の俺が知ってて」

霧生から弟の話を聞いていたことを謝ると、香純は慌てたように首を振った。

「いいえっ、そんなつもりで確かめたんじゃないんです。――佐原さんって、本当に明央くんが言っていた通りの人ですね」

草の左胸が、とくん、と騒ぐ。霧生は香純に、どんな話をしたんだろう。

「弟のお見舞いに行くたびに、明央くんは私によく言ってたんです。佐原さんは、自分のことよりも周りのことを大切にする、とても繊細な人だって」

「俺のことを、あいつがそんな風に？」

「はい。重い病気を抱えている人に対して、腫《は》れ物《もの》に触るような態度の人もいるのに、佐原さんは違っていたって。そばにいるとほっとできる、一番の親友なんだ、って、何度も言ってました」

「はは…。あいつ、恥ずかしい奴」

小さく笑いながら、草の心の中は穏やかじゃなかった。――初めて草が知った、会えなかった頃の霧生の様子。それを間近で見てきた香純に対して、焼きもちを焼いてしまう自分が嫌だった。

でも、焼きもちと同じくらいの大きさで、霧生がどんな風に病気と闘っていたのか知りたい。草の胸の奥の天秤《てんびん》は、そっちの方へと傾いた。

「病院では、霧生は毎日どうしてたのかな。具合のいい日は、参考書を読んだりしてた？」

「はい。枕元に山積みにしてましたよ。勉強を教えてもらった弟が、明央くんは学校の先生より分かりやすいって喜んでました」

「そっか。……俺は高二の途中までの霧生しか知らないんだ。あいつ、転院した後のことを、俺には何も教えてくれなくて」

冷えたパイを齧《かじ》って、草はもそもそしたそれを食べた。霧生が話そうとしないから、草も闘病中のことを彼に聞けずにいる。彼にとっては、それはもう過去の出来事になってしまったんだろうか。

「明央くんは病室で、よく窓の外を見てました」

「窓？」

「はい。その時、癖みたいに彼がしていたことがあるんです。――点滴を受けている時も、発作が続いてベッドから起き上がれない時も、左手をこんな風に、窓から見える太陽に翳すようにしてました」

そう言うと、香純は自分の左手を、店の天井の照明に向かって持ち上げた。

香純の細い小指の先で、赤い糸が揺れている。霧生のアパートの方角へ向かっている糸の先を、草は見なかったことにして、口に残っていたパイをコーヒーで押し流した。

「明央くん、すごくかっこいいんですよ。一時期、私の弟が治療を嫌がったことがあって。その時に彼が励ましてくれたんです。俺もがんばるから、一緒にがんばろう、って」

「……へえ。そうなんだ」

「明央くんも辛い治療を続けていて、海外で手術を受けることを、ご両親は最初反対していたんです。渡航する体力が不安だから……そういう理由で。でも、明央くんは絶対に諦《あきら》めませんでした。少しずつ体力をつけて、ご両親を説得したんです」

香純の言葉で語られる霧生を、草はとても誇らしいと思った。

自分の病気に、真正面から立ち向かった霧生。両親に反対されても、手術を受けて完治させる可能性を選んだ彼。

儚《はかな》げな小指の糸しか持たなかった霧生の、いったいどこにそんな強さがあったんだろう。

高校の頃の彼の姿と、同窓会でグラウンドを一周した彼の姿が重なって、草の胸に熱いものがこみ上げてくる。

（霧生のそばで、あいつのことを応援してやりたかった。俺もあいつと一緒に闘いたかった）

ぐっ、とコーヒーを飲み干して、草は泣き出しそうになるのを我慢した。泣いたら、がんばった霧生に失礼だ。

「明央くんには何度お礼を言っても言い足りません。彼のおかげで、弟は入院生活を乗り越えて、病気を治すことができたんです」

「よかった。本当に、よかったね」

「はい。――治療に耐えた弟や、諦めなかった明央くんを見ていて、私にも目標ができました。私、医師になりたいんです」

やっぱり香純が医学部を選んだのは、身近な人が闘病する姿を見てきたからだった。大きな目標に向かって、恐れずに進もうとする彼女が、草にはとても眩しく見える。

「医師か、すごいな。じゃあこれから、うんと勉強しないとね」

「はい。たくさん勉強して、立派な医師になって、病気で苦しんでいる人を助けたい。こんなに大きな目標をくれた明央くんは、私にとって、とても特別な人です」

特別。草の体温が、短いその言葉を聞いた瞬間に、すうっと冷えていった。

香純が言う『特別』の意味を、草はもう知っている。香純は霧生のことが好きだ。ほっそりとした彼女の小指の糸は、今この時も、霧生の赤い糸を求めている。

（この子と霧生は、とても近いところにいるんだ）

どんなに霧生のそばにいても、草は彼の病気を本当の意味で分かち合えなかった。でも、香純は違う。霧生と一緒に弟の闘病を見てきた分だけ、病気の重みも、完治した喜びも、草以上に彼と共有している。

（――駄目だ。この子と同じことは、俺にはできない）

命を大切に思って、一生懸命に生きてきた霧生と、その姿に心を打たれて、将来の目標を決めた香純。健康な体に生まれて、たまに風邪をひいて熱を出す程度の草は、二人ほど立派にはなれない。

平凡な成績で、さして目標もなく経済学部に入って、適当にサークルとバイトを繰り返している自分が、草はとてもつまらない人間に思えた。立派な霧生や香純と比べて、恥ずかしくてたまらなかった。

その後も香純は、闘病中の霧生の話を聞かせてくれたけれど、その半分も草の耳には入らなかった。窓を叩いていた雨が緩やかになって、空がいくらか明るくなり始めている。香純が腕時計の時刻を確かめたのを見て、草は空になったコーヒーのカップをトレーにのせた。

「そろそろ出ようか。付き合わせてごめんね」

「いいえ。ごちそうさまでした」

「――霧生のこと、たくさん聞かせてくれてありがとう。あの、今日俺に話してくれたこと、あいつには内緒にしてくれるかな」

「内緒に、ですか？」

「うん。……霧生が聞かれたくなかった話かもしれないから。あいつが教えてくれないってことは、そういうことだと思う」

香純は察しがいいんだろう。草の言葉に柔らかく頷《うなず》いて、はい、と返事をした。

一階へ下りて店の外に出ると、小降りになった雨が草の髪や肩を濡らす。すると、香純は自分の傘を開いて、そっとそれを草へと差し出した。

「これ使ってください」

「え？　でもまだ雨が……」

「私は近くの駅から地下鉄に乗るので、平気です。それじゃ」

にこりと微笑んでから、香純は駅に向かって駆けていく。断るタイミングを失った傘の柄を、草はぎゅっと握り締めた。

(なんか俺……あの子と比べたら、本当に駄目な奴だ)

比べても仕方ないのに、まっすぐに背筋を伸ばした香純の後ろ姿を見ていると、気分が暗くなっていく。草は大きく溜息をついてから、駅とは反対の方角へ歩き出した。

水溜《みずたま》りの多い道をとぼとぼと歩いて、霧生のアパートに辿《たど》り着く。沈んだままの気持ちでは、すぐにチャイムが押せなくて、部屋の前で随分迷った。でも、霧生の顔を見ないまま、自分のアパートに帰るのは寂しかった。

——ピンポン。躊躇《ためら》いがちにチャイムを押すと、しばらくしてドアが開く。ひょこ、とドアの隙間《すきま》から外を覗いた霧生は、草を見て瞳を丸くした。

「草？　バイトの日じゃなかったのか？」

「うん、今日は昼過ぎまでだったから。霧生んとこで雨宿りさせてもらおうと思って」

「ああ、いいよ。——あれ？　草、その傘は香純の？　少し前までここにいたんだけど」

「うん。この近くで偶然会ってさ、貸してくれたんだ。あの子は本当に親切でいい子だな」

草は何でもない顔を作って、傘の水滴を払うと、玄関の傘立てに差した。

「傘が乾いたら、俺から香純に返しておくよ」

「え？」

「あの子と同じ講義を取ってるんだ。今度一緒にレポートをする約束をしてるから、その時に渡しておく」

「あ……うん。ありがと」

草は上の空でそう言って、居間のソファにぽすん、と座り込んだ。

（そうか。霧生は、またあの子と二人で会うのか）

揚げ足を取るように、そんなことを考えてしまった自分が情けない。あんなにいい子に焼きもちを焼いてどうするんだろう。

ぶるぶるっ、と顔を左右に振った草を、霧生は不思議そうに見詰めている。レンズ越しの彼の眼差《まなざ》しに、胸の奥の深いところを突かれて、草はつい言わなくてもいいことを言ってしまった。

「レポートって、二人でこの部屋でするの？」

口に出してすぐ、後悔する。まるで霧生とあの子のことを詮索《せんさく》するような、意地悪な聞き方だった。

（俺の馬鹿――。何くだらないことを聞いてんだよ）

ジーンズの膝を握り締めて、草は小さく縮こまった。自己嫌悪に陥って、もう霧生の目を見詰め返すこともできない。

きゅっ、と唇を引き結んで黙っていると、霧生は草の前に膝をついて、顔を近付けてきた。

「草」

「何――」

「もしかして今の、焼きもち？」

鋭い指摘に、う、と声を詰まらせて、草は何も言えなくなった。至近距離の霧生の顔が笑っている。意地悪に意地悪を返されたような気がして、草は視線をうろうろと彷徨《さまよ》わせた。

「嘘だよ」

くす、と笑いながら、霧生が優しい声で囁く。彼の息が耳朶《みみたぶ》にかかって、草はくすぐったくて、首を竦《すく》めた。

「か、からかった？　俺のこと」

「ちょっとだけな。草がかわいいことを言うからいけないんだ」

「……俺は、焼きもちなんか焼いてないからなっ」

「なんだ。つまらないな」

意味不明なことを言って、霧生が右手を伸ばしてくる。彼の掌《てのひら》が草の髪に触れて、まだ雨で湿っている癖っ毛をくしゃくしゃと撫《な》でた。

「柔らかい――」

霧生の呟《つぶや》きが、ぽつん、と二人の間に落ちてくる。腕一本分の長さしか離れていない、とても近い互いの距離を今更意識して、草はくらくらした。

草の目の前にある、霧生の形のいい唇。髪を撫でている間、彼のそこはうっすらと開いて、短い吐息を繰り返している。

（キス、したい）

思うだけで、草はいつも言葉にできない。霧生と再会した時は、もう一度そばにいられることだけで嬉《うれ》しかった。それだけでよかったのに、彼と小指の糸を結んでから、もう止められないほど草は我《わ》が儘《まま》になっている。

でも、蝶々結びをしたはずの赤い糸は、草の目には見えないから、おまじないの効果がない。背中を押してもくれないし、勇気を分けてもくれないのだ。

「髪、湿ってるから乾かした方がいいな。タオルを取ってくるよ」

「う、うん」

霧生は指に絡まった髪をそっと解いて、タンスが置いてある寝室へと歩いていった。彼の右手が離れてからも、髪がいつまでもじんじんする。癖っ毛の一本一本がセンサーになったように、霧生の指を追い駆けている。

(どうにかなっちゃいそう。苦しい。——しんどいよ、霧生)

草は自分の指を髪に梳《す》き入れて、鳥の巣のようになるまで、ぐしゃぐしゃにかき混ぜた。部屋の外に飛び出て、大雨に打たれでもしたら、少しはすっきりするだろうか。

でも草の願いとは裏腹に、雨はいつの間にか止《や》んでしまっていた。


図書館のエントランスの自動ドアに、浮かない表情をした草が映り込んでいる。この間、霧生のアパートで過ごした日から、胸につっかえた息苦しさが取れない。

仕方なく読書でもしようとして、講義の合間にここへやって来たけれど、草の頭の中は相変わらず霧生のことでいっぱいだった。

図書館の中は、閲覧室と書庫、そして学習スペースに分かれている。ゆったりしたデスクと椅子《いす》を並べた学習スペースは、閲覧室と違って私語もできるし、飲食物が持ち込み可能なので、草もよく学部の友達と利用していた。

「あ――」

円形の大きなデスクに集まっていた学生たちの中に、思わぬ人を見つけて草は足を止めた。霧生だ。彼の隣には香純がいる。他は草の知らない顔ばかりだったから、きっと二人と同じ一年生の友達だろう。みんな同じテキストを開いて、何か議論をしながらノートに書き込んでいた。

(レポートか。――何だ。あの子と二人じゃなかったんだ)

胸のつかえが和らいで、何日も続いていた息苦しさが楽になる。焼きもちなんか焼きたくないのに、あからさまにほっとしている自分に、草は呆《あき》れた。

熱心にレポートを纏《まと》めている二人は、絵に描いたように真面目《まじめ》な優等生で、学生の手本にしたいくらいだった。でも、霧生が香純に向ける眼差しや、飲み物を勧める優しい態度は、他の友達に対するものとはどこか違って見える。

草にはうまく説明できないけれど、香純もまた、霧生の『特別』なのだ。重たい病気を目《ま》の当たりにした、二人にしか分からない繋がりがあって、そこに草はどうしても入り込めない。

（……香純ちゃんみたいにいい子が、霧生のことを好きでいるなら、俺はいない方がいいのかな……）

香純の片想いの糸は、今日も彼女の左手の小指の先でもじもじしている。霧生の左手に近寄っては、糸は惑ったように、くるっ、と逃げて、また近寄る。

（俺たちの蝶々結びがある限り、あの子の片想いの糸は、ずっとあのままだ）

もし——もし蝶々結びがなかったら、霧生の糸は、香純の糸と結ばれるんだろうか。霧生は彼女のことを友達だと言ったけれど、『特別』な存在の女の子は、いつかそれ以上の存在に変わるんじゃないだろうか。

たいして取り得もない、平凡な男と小指の糸を結ばなくても、霧生みたいなちゃんとした男は、目標を持っているかわいい女の子と糸を結ぶ方がいいに決まっている。

（俺には自慢できるようなものが何もない。霧生を好きな気持ちの他には）

今はそれさえも頼りなくぐらぐらしていて、草は立ち去ることもできずに、黙って俯いているだけだ。自分の気持ちを信じられなくなったら、霧生と結んだ蝶々結びも、いっそう頼りなく思えてくる。

（どうせ見えない糸なら、いっそない方が——）

草の右手が、独りでにジャンケンのチョキの形になった。

自分たちの蝶々結びを切ったら、その結果を草は知り過ぎるほど知っている。霧生が背中

を向けて、草を置いてどこかへ行ってしまう想像をして、右手のチョキが、小刻みに震えた。

「――草？」

自分を呼ぶ声が聞こえて、草は弾《はじ》かれたように顔を上げた。シャツが背中に張り付いて気持ち悪い。気付かないうちに、草はびっしょりと汗をかいていた。

「霧生……」

遠くから手を振る霧生と、微笑んで会釈する香純。同席している二人の友達も、草の方を見て頭を下げている。

「こっちに来て、一緒にレポートを手伝ってくれませんか？　佐原先輩」

おどけて自分を先輩扱いする霧生に、草は咄嗟《とっさ》に笑って、軽口を返した。

「何言ってんの。誰が『先輩』だよ、ばーか」

そう言い返したはいいものの、語尾が震えていたような気がして仕方ない。笑った顔もだんだんこわばってきて、ぎこちない表情になっていく。

「ごめんな、霧生。探したい本があるから、またな」

彼に気付かれる前に、草は逃げるように通路を小走りした。

霧生の前で、普通の自分でいることができない。香純の片想いの糸を無視できない。霧生を真ん中にしたあの輪の中に、草はずかずか入っていく気になれなかった。

6

午後のしんと静まった講義室に、教授の声が響いている。周りの履修生は熱心にノートを取っているのに、ぼんやりしている草の耳には、講義の内容が少しも聞こえてこない。

霧生のことしか考えられなくなって、もう何日経《た》つだろう。図書館で偶然顔を合わせてから、彼とはサークルで毎回会っているし、バイトの後に彼のアパートに寄ったりして、誰よりも長く一緒の時間を過ごしている。

普通の友達なら、それで十分満たされるのに。友達以上に、もっともっと霧生のことが欲しい草は、我が儘な奴に違いなかった。

(欲張りなことを考えちゃ駄目だ。霧生と会えなかった頃と比べたら、今の方がずっといいに決まってる。あいつは元気になったんだ。それ以上に嬉しいことなんかない)

不安定に揺れる自分の気持ちより、霧生のことを大切にしたい。草はノートの上で両手を強く組んで、我が儘な想いが溢《あふ》れ出さないように、ぎゅっと瞳を閉じた。

長い講義が終了して、教授や学生たちが講義室を後にする。草は黒板をいっぱいにしていた板書をのろのろと書き写してから、やっと席を立った。

サークルに行く前に、学部の窓口の前を通りかかると、掲示板に学園祭のポスターがたくさん貼ってある。毎年プロのミュージシャンを招いたり、演劇部やダンスサークルが公演をしたりする、学内で一番盛り上がるイベントだ。

「草くーん」

通路の向こうから、誰かが草を呼んでいる。声がした方を振り向くと、春までサークル仲間だった莉菜《りな》が、ゼミ生の男と連れ立って歩いてきた。

「莉菜。どうしたの？」

「ちょうどよかった。草くんにお願いがあるの」

同じ学部に通っていても、学科が違うと顔を合わせる機会は少ない。久しぶりに会った莉菜は、夏休みに海にでも行ったのか、全身小麦色に日焼けしていた。

「学園祭のチケット買ってくれない？　新しく入ったサークルで縁日やるの」

「縁日？　おもしろそう」

「でしょー。えっとね、射的と、ヨーヨー釣りと、わた飴。どれがいい？」

「全部二枚ずつ買うよ。チケットさばくの、大変だもんな」

「草くん男前！　ありがとう！」

莉菜は弾けるように喜んでから、草へとハンドメイドのチケットを差し出した。どこのサークルや部活でも、一年生や二年生には、チケットをさばく厳しいノルマが課せられるのだ。

「そっちも学園祭、何かやるの？」

「うん、去年と同じ模擬店。うちのチケットができたら莉菜にもあげるよ。そっちの彼氏の分も」

「——やだ、何で私たちが付き合ってるって分かったの？」

莉菜は驚いて、後ろにいる男と顔を見合わせている。

「う？　うーん、まあ、勘？」

草は、蝶々結びになっている二人の小指の糸を見て、苦笑した。

莉菜の小麦色だった頬が、ほんのり赤く染まっている。さばさばしている彼女にしては珍しい反応だ。きっと新しい彼氏のことが大好きなんだろう。

「じゃ、じゃあ、チケット楽しみにしてるね。草くん、またね」

莉菜は彼氏の腕を引っ張って、慌てて草の前から逃げていった。照れている後ろ姿が女の子らしくてかわいい。しばらく見送っていると、彼氏の方が莉菜の手を取って、指と指を絡める恋人繋ぎをした。

「——ラブラブだ。一緒に学園祭を回ったりするんだろうな」

二人の後ろで、風船のようにふわりふわりと、蝶々結びが揺れている。幸せそうな莉菜を見て、草は羨《うらや》ましくてたまらなくなった。

（俺と霧生の蝶々結びも、あんな風だったらいいのに）

同じように好きな人と赤い糸が結ばれていても、莉菜と草は違う。莉菜は女の子で、草は男だ。そして霧生も、男だ。

（そんなの、最初から分かってるじゃないか。欲張りなことは考えないって決めたんだから、しっかりしろっ）

自分で自分に言い聞かせて、くじけそうな気持ちを何とか奮い立たせる。少しでも楽しいことを考えたくて、草は学園祭のポスターを眺めた。

サークルの模擬店では、草は焼きそばの調理係、そして霧生は客の呼び込み係をすることになっている。霧生にとっては初めての学園祭だから、うんと楽しんでほしい。

ポスターを見ながらそんなことを考えていると、草のジーンズのポケットの中で、携帯電話が震えた。

（霧生かな）

彼のことを考えていたから、テレパシーが伝わって電話をかけてきてくれたのかもしれない。甘酸っぱい期待をしてパネルの表示を見ると、予想外の人からの着信だった。

「松岡？　――もしもし」

『おう、草。今ちょっといいか』

「うん、大丈夫だよ。何かあった？」

松岡から連絡がくるのは、夏休みに同窓会で顔を合わせて以来だ。草は通路の壁にとすん、と背中を預けて、耳をすました。

『この間、同窓会の後に地元のみんなで飲む機会があってさ』

「うん」

『その時に霧生の話になったんだ。あいつ、もうすぐ誕生日だろ』

草はあっと短い声を出して、電話を握り締めたまま呆然《ぼうぜん》とした。頭の中のカレンダーには、十月七日にマルがついている。霧生のことでいっぱいいっぱいだったくせに、彼の大切な日を忘れるなんて、どうかしていた。

霧生の二十歳《はたち》の誕生日。その日を彼が迎えられたら一緒にお祝いをしようと、マラソン大会の朝の別れ際に約束をした。二人の約束を叶《かな》える日が、もう数週間後に迫っている。

『それでさ、クラスのみんなでカンパを集めて、あいつにプレゼントをしようってことになったんだ。お前も乗るよな?』

少しの間、遠くなっていた松岡の声が、耳元に戻ってくる。草は慌てて頷いた。

「う、うんっ。もちろん」

『よし。とりあえずまだ全員に連絡が行き渡ってないし、具体的なことは後になるけど、草にはみんなを代表して、プレゼントを渡す役をやってもらうから』

「俺でいいの? 緊張しちゃうな」

『頼むぞ、草。いちおう今回も幹事は俺がすることになったんで、よろしく』

「うん。いろいろ決まったら、また連絡して」

草は通話を切って、電話をポケットに戻した。

霧生の誕生日をクラスのみんなも祝おうとしている。同窓会の時のように、二年二組の変わらない友情を感じて、草の胸が熱くなった。

(大事な誕生日だから、俺からも霧生にプレゼントをあげたい。あいつを喜ばせたい)

霧生にとって、何が一番お祝いになるだろう。きっと彼は、クラスのみんなからのプレゼントをとても喜ぶはずだ。草はそれ以上のものを用意したくて、あれこれ候補を思い浮かべた。

(霧生の好きなものなら、本とか模型とかいろいろあるけど……。ご飯を奢《おご》ったり、ケーキを買って誕生日会をしたら、喜んでくれるかな。あいつに、二十歳の記念になるようなことをしてあげたい)

彼のためにサプライズを考えていると、だんだんわくわくしてくる。

(十月七日は、霧生と一日中、一緒にいたいな)

今日、サークルで会ったら霧生にそのことを伝えてみよう。そうだ、デートに誘うんだ。大切なその日を誰にも邪魔されないように、二人で過ごそう。

草は斜め掛けの鞄《かばん》を揺らしながら、中庭を通り抜けて教養部棟へと急いだ。サークルで使用申請をしている講義室へ向かっていると、一年生たちが行き交う通路の先に、霧生がいるのが見える。

霧生は数人の友達と一緒に、楽しそうに談笑していた。見覚えのある顔ばかりだと思ったら、前に彼とレポートを纏めていた子たちだった。

何となく声をかけ辛くて、通路の脇《わき》をそっと通り過ぎようとしていると、あっけなく草は霧生に見付かってしまった。

「草。何無視してるんだ？　一緒にサークルに行こうと思って待ってたのに」

「あ、あはは。……ごめん」

友達と別れた霧生が、通路を横切ってこっちにやってくる。笑ってごまかした草の頭を、彼はくしゃっと掌で撫でた。

こんな風にされると、草はいつもどきどきしてしまう。霧生にとっては何でもない仕草でも、敏感に反応して、催眠術にかかったように身動きができなくなるのだ。

「今日は学園祭の準備をするんだっけ。行こう、草」

先に歩き出した霧生の斜め後ろを、どうにか遅れないようについて行く。通路に人が少なくなったのを見計らって、草は勇気を振り絞った。

「あの、あのさ、霧生」

「何？」

眼鏡の下の澄んだ瞳に覗き込まれて、草は息を飲み込んだ。普段の遊ぶ約束なら簡単に言えるのに、初めて霧生をデートに誘うのだと思うと、うまく口が動かない。

「今度の——霧生の誕生日、なんだけど、空けておいて」

「え？」

「その日は俺と一緒に過ごそう」

「……それって、デート？」

「そっ、そうっ。お、俺とデートしてくださいっ」

最後は勢い込んで、やっと言えた。

一瞬、ぽうっと呆《ほう》けた顔をした霧生は、すぐさま笑顔になった。今まで見たことがないくらい、きらきらするほど眩しい笑顔。それは容赦なく草の左胸を貫《つらぬ》いて、どくん、どくん、と鼓動を乱れさせる。

「ありがとう、草。もちろん空けてあるよ」

「本当——？」

「ああ。草の方から誘ってくれて嬉しい。今度の誕生日は、俺にとって特別な日だから」

「俺にだって特別な日だよ」

草の言葉に、霧生は笑顔のまま頷いた。高校の時に二人で交わした約束が、やっと叶う。

草は十月七日が待ち遠しかった。

「霧生はプレゼントは何がいい？　あんまり高いものは無理だけど、欲しいものを何でも言って」

「ううん。俺は何もいらないよ」

「え？　それじゃ準備できないじゃん。遠慮してるのか？」

「遠慮なんかしてない。草と誕生日を一緒に過ごせるだけで、俺は十分なんだ」

「霧生……」

これ以上ないくらい嬉しいことを言われて、草は眩暈《めまい》がしそうになった。一緒に過ごせるだけでいいなんて、それでは草の気が済まない。何も欲しがらない彼だからこそ、プレゼントをあげてもっと喜ばせたくなる。

（プレゼントは霧生のためになるものがいい。そうだ。デートにどこへ行くかも決めないと）

夢中になって考え込んでいた草は、不意に強い視線を感じて、我に返った。通路を見渡してみると、遠くの方からこっちを——正確には霧生を、じっと見詰めている女の子がいる。

（香純、ちゃん？）

草は瞳を見開いて、思わず彼女を凝視した。

霧生に声をかけようかどうしようか迷っている顔。香純の片想いの糸が、彼に向かってゆらゆらと揺れている。告白する勇気がない、いじらしい彼女の気持ちが、草に痛いほど伝わってくる。

（あの子も俺と同じだ。霧生に本当の気持ちを伝えられないで、迷ってる）

香純が霧生以外の人を好きなら、いくらでも背中を押してあげられるのに。松岡も、松岡の幼馴染《おさななじみ》のユキちゃんも、莉菜も、みんな草が背中を押した。赤い糸を結んだり、切ったりして、恋の始まりと終わりを草が助けてあげられた。

(今度だけは、それはできない。でも…っ……)

きゅ、と唇を噛んで、草は香純から顔を背けた。自分がまるで悪い人間になったみたいだった。香純の気持ちを知っているのに、見て見ぬふりをしようとしている。

自分が霧生のことを好きだから、彼女を茅《かや》の外にして、霧生を独り占めしようとしている。

「草? どうした?」

「あ……、ううん。何でもな――」

ふわりと草の肩の辺りが温かくなって、そのまま優しい力で抱き寄せられる。霧生の呼吸音が間近に聞こえ、はっと気付いた時には、耳元に彼の唇が添えられていた。

「サークルが始まっちゃうよ。草」

わざと低くした声の響きがくすぐったくて、ぞくぞくする。でも、それ以上に草の肌を震わせたのは、歩き出した霧生と草を追い駆けるように伸びてきた、香純の赤い糸だった。

――こっちを見て。私はあなたが好き。

香純の心の声が聞こえてきそうで、草は耳を塞《ふさ》いでしまいたかった。何だろう、この罪悪感は。無限の泡のように、草の内側に冷たいものが広がっていく。

香純の目には、今の草はどう映っているだろう。こんな風に肩を抱かれて歩くのは、女の子の方がふさわしい。香純みたいな華奢《きゃしゃ》な肩だったら、きっと霧生の掌にすっぽりと収まる。

二人なら一緒に並んで歩いているだけで、お似合いの恋人どうしに見えるはずだ。そう思ったら、肩の上の霧生の掌が、急に鉛のように重たく感じた。

「霧生、俺一人で歩けるよ。こういうのやめよう？　俺は女の子じゃないんだから」

「恥ずかしいのか？　じゃあ、こっちにしよう」

「え……」

霧生は肩を抱くのをやめて、右手を草の左手と重ねた。十本の指が交差する恋人繋ぎ。ぎゅ、と強く握り締められて、草の頭の中が真っ白になる。

「き、きりゅ、ちょっ」

どんどん通路を進む霧生と、うまく歩けない草のそばを、何人かの学生が擦れ違っていく。後ろからひそひそ声がしたのを、草の耳は聞き逃さなかった。

「見た？　今の」

「——えー？　やだ、ホモ？」

まるで冷たい水を浴びせられたように、びくっ、と草は震えた。霧生と繋いだ手に汗が滲《にじ》んでくる。

草は今までに何度か、同性に向かってもじもじする片想いの赤い糸を見たことがある。それらはどれも、異性に片想いをする糸より目立たなくて、切なくなるほど臆病だった。人を好きになることに同性も異性も違いはないはずなのに、まるで誰にも、好きな相手にさえも恋心を知られることが怖いように、こっそりもじもじしていた。

（俺の気持ちも、あの糸と同じだ。誰にも知られちゃいけないのに、俺と一緒にいると、霧生までみんなに変な目で見られてしまう）

さっきの学生たちの声が、霧生に聞こえなかったはずはない。でも、何の表情も変えずに歩いている彼は、恋人繋ぎをやめようとしない。

その時ふと、草の脳裏に、経済学部の掲示板の前で会った、莉菜と彼氏の幸せそうな姿が浮かんできた。肩を抱いたり、手を繋いだり、異性の恋人ならみんな普通にしていることが、草は簡単にできない。

男の草は、霧生の本当の恋人にはなれないから。どんなに霧生のことが好きでも、これからずっと一緒にいたとしても、彼の親友止まりだ。

草が霧生と結んだ蝶々結びは、きっといびつでへたくそな形をしているだろう。草の気持ちは空回りするだけで、彼には届かない。

（そうだ。俺は霧生に、片想いをしてるんだ）

叶わない恋をしているのは、香純ではなく、草の方だった。そのことに気付いた瞬間に、まるで草を責めるように、左手の小指に痛みが走った。

（解《ほど》かなくちゃ。――この手も。俺たちの蝶々結びも。男の俺がいつまでも霧生を縛ってい

ちゃいけない）

いつまでも繋いでいたい手を、自分の方から振り払う。痛くて、小指がとても痛くて、草は霧生の驚いた顔を、まともに見返すことができなかった。

「草？」

霧生は草と一緒にいても、幸せにはなれない。

男の草より、霧生にはもっとふさわしい女の子がいる。清楚で優しくて、気遣いができて、一途《いちず》に霧生のことを想っている香純がいる。霧生にとっても、香純は他の女の子たちとは違う特別な存在だと、草はずっと前から気付いていた。

不必要なのは草だ。何の取り得もないくせに、霧生のことを求めてばかりで、香純の気持ちを知っていながら無視していた。あの二人の間に、草はいらない。自分さえいなくなれば、きっと何もかもうまくいく。そんな気がした。

（あの子を霧生にあげよう。二十歳の誕生日のプレゼントに、本当の恋人をあげよう――）

霧生のことが大好きで、本当に大好きで、誰よりも大切だから、彼と結んだ赤い糸を切ってあげよう。霧生がかわいい女の子と結ばれて、幸せになれるように、おまじないをかけてあげたい。そしてもう、二度と彼を好きにならない。

「草。どうしたんだ、黙り込んで。さっきからちょっと変だぞ？」

隣で心配そうに小首を傾《かし》げた霧生に、草はぎこちなく微笑んだ。

「何でもない。俺、用事を思い出したから先にサークルに行っといて」

「え？　草…っ？」

霧生が呼び止めるのも聞かずに、草は彼を置いて、通路の先へと走り出した。少しの間だけでいい。一人になりたかった。

教養部棟の中を突っ切って、裏口から建物の外に出る。走っている間に、鼻の奥が痛くなって、涙をこらえるのが辛かった。草は陽射しに暖められた外壁に背中を預けて、ずるずるとそこに座り込む。

（霧生と普通の親友に戻ろう。蝶々結びをする前に戻って、俺の胸の中の全部、ゼロにしてしまおう）

草は立てた膝に顔を突っ伏して、声を殺して泣いた。まるで恋が終わるまでのカウントダウンのように、草の耳元で、腕時計の針がカチカチと音を立てていた。

7

午前十時の地下鉄の改札口は、東京の都心へ向かう利用者で混んでいた。草は癖っ毛の前髪を気にしながら、地上の出口と繋がる階段をちらちらと見ている。

十月七日。快晴。霧生の誕生日を普段通りに迎えようと思っていたのに、いざ今日がやってくると、草は緊張していた。待ち合わせの時刻の三十分も前に着いてしまって、駅構内にあるカフェでコーヒーを飲んでみたけれど、たいして時間を潰《つぶ》せなかった。

今日で霧生は二十歳になる。お祝いのデートに誘った時、彼がとても嬉しそうにしていたから、草も一生懸命にデートの計画を練った。自分の恋に決着をつけるために、今日を選んだことを、草は後悔していない。

高校の時に交わした約束が、一度離れ離れになった草と霧生を繋ぐ、たった一つの確かなものだった。今年の春、霧生と再会できた日の最高の喜びを、草は今も鮮明に思い出せる。

（あの時と同じ気持ちで、今日は一日、霧生のそばにいよう）

心を落ち着けるように、ふ、と小さく息を吐き出して、草はもう一度階段の方を見た。すると、ゆっくりとそこを下りてくる人影がある。草は、自分の背中が戦慄《わなな》くのを感じた。

「草」

霧生が人の波をかき分けるようにして、草のもとへと駆けてくる。彼が走る姿を見ると、草は今でも少し心配になる。でも、霧生は高校のグラウンドを一周できるくらい、元気になったのだ。だから草も、平気な顔をしていられた。

「おはよう。待たせちゃったか？」

「ううん。俺もさっき来たところだから」

待ち合わせのきっかり十分前に来るのが、真面目な性格の霧生らしい。今日の彼はシャツの上にジャケットを羽織っていて、理知的な眼鏡と相まって、とても大人っぽく見えた。

（俺の方が半年年上なのに。かっこいいな、霧生）

見惚《みと》れてしまいそうになるのを我慢して、草はぴしっと姿勢を正した。彼に会ったら、最初に言おうと決めていたことがある。

「誕生日おめでとう。霧生が二十歳になった日に、俺とデートしてくれてありがとう」

「草……。こっちこそ、ありがとう。すごく楽しみにしてた」

「どこに行くか俺が勝手に決めちゃったけど、いい？」

「ああ。草のリードに任せるよ」

霧生が照れたように微笑んだのを見て、草も一緒に微笑んだ。改札口のデジタル時計が、十時ぴったりを示している。それを合図に、草は鞄の中から二枚のチケットを取り出した。

「そろそろ出発しようか。まずはここ」

それは、大学の事務局で前売りをしていたチケットだった。上野のとある博物館で開催されている、『現代建築の軌跡展』。霧生の尊敬する建築学科の教授が、この企画展の監修をやっている。

「あ…っ、これ見に行きたいと思ってたんだ。同じ学科の友達がすごく勉強になったって言ってた」

「そっか。じゃあちょうどよかった。——行こう」

「待って、草。チケット代」

ポケットから財布を出そうとした霧生を、草はやんわりと制止した。

「今日は一日全部、俺のプレゼントだから。霧生は何もしなくていいよ」

「草、でも……」

「バイト代貯《た》めてたから、心配すんな。俺にどーんと任せろ」

薄いお腹《なか》をぽんと叩いて、精一杯格好をつける。そんな草を、霧生は眩しそうに瞳を細めて見詰めていた。

「分かった。甘えます」

「うん。いっぱい甘えろ。今日は霧生の誕生日なんだから」

そう言うと、草はくるりと踵《きびす》を返して、改札機の方へと歩き出した。

(今日だけだ。今日だけ、俺に霧生を独り占めさせて)

霧生と過ごす、最初で最後のデート。草は指先が震えてしまわないように気をつけながら、改札機のパネルにパスケースをゆっくりと翳した。


博物館で数時間を過ごし、ネットで調べた人気のカフェで遅めのランチを食べてから、草は上野駅に向かっていた。その隣で、霧生が『現代建築の軌跡展』の図録が入った袋を、大事そうに抱えている。

「草、ありがとう。図録まで買ってくれて。大事にする」

「うん。ミュージアムショップっておもしろいものいっぱい売ってるな。記念Tシャツとか、いらなかったの？」

「ははは。あれはちょっと……」

胸元にでかでかと『現代建築の〜』とロゴが入っているTシャツは、さすがの霧生も遠慮したらしい。

普段知的な場所に行かない草と違って、霧生は博物館の高尚な雰囲気によく馴染《なじ》んでいた。好奇心の赴くままに、きらきらした瞳をして順路を歩いていた彼を見て、デートコースは間違っていなかったと草は思った。

「あの一番広い展示室にあった巨大ジオラマ、すごかったなあ」

「ああ。特撮映画のセットみたいだった」

「写真撮影できたらよかったのに」

「図録に見開きで写真が載ってるよ。――ほら、これ」

建築の知識がほとんどない草のために、図録の中の専門用語は、霧生が解説してくれる。まだ一年生の彼は建築学科の講義を受けていないのに、独学で勉強を始めているらしい。霧生の優等生ぶりが、草は羨ましくもあり、いつまで経っても追い付けない存在に思えて、少し寂しかった。

「草、次はどこに行くんだ？」

「あ…、えっと、ジオラマを見たら、今度は本物の東京を見たいだろ。一番高いところに行こう」

草は霧生を上野駅前のバス乗り場へ案内すると、東京スカイツリー行きのシャトルバスに乗り込んだ。たくさんの観光客に混じって、車窓の向こうに見えてくる、現代建築の最高峰を目指す。

隅田川を渡ってバスを降りると、草と霧生の目の前に、天を突くようなスカイツリーの威容が聳《そび》えていた。並んでそれを見上げていたら、二人とも首が痛くなってくる。

「すごい……。霧生、てっぺんがあんなに遠いよ」

「本当だ。堂々としていて何だか誇らしいな。――東京タワーができた時も、みんなこんな気持ちだったのかな」

「天望デッキに登ろう。早く早く」

草はそう言って、携帯電話で写真を撮っている霧生を急かした。彼のために選んだデートコースなのに、草の方がはしゃいでしまっている。

スカイツリーが開業してしばらく経っているのに、併設する商業ビルの中は人でごった返していた。当日券を買う大行列を素通りしてから、天望デッキに向かうエントランスで予約券を受け取り、二人でわくわくしながらエレベーターに乗り込む。

地上三百五十メートルの地点まで、ぎゅうぎゅう詰めの四角い箱が駆け上がっていく。体の小さい草は、人の圧力に負けて、箱の隅で潰れそうになっていた。

「大丈夫か？　草。もっとこっちに寄って」

「う、うん…っ」

僅《わず》かなスペースに体を割り込ませたものの、霧生の胸元にぴったりくっつくことになって、草は緊張した。

こんなに密着するのは、一度だけキスをした時以来で、そのことを思い出してくらくらする。逃げ出したいのに、背中側も人がいっぱいで身動きが取れない。

（息が苦しい――。霧生の胸が、こんなに近くにある）

霧生が着ているジャケットが、草の頬を柔らかく擦《こす》っている。彼の顔は天井の方を向いていて、表情は草には見えなかった。

とくん、とくん、と服越しに伝わる霧生の鼓動。規則的なそれを聞いていると、草の緊張が少しずつ和らいでいく。

（この音、好きだ）

もっと聞いていたくて、草は静かに両目を閉じた。霧生の胸に自分の方から顔を埋《うず》めて、気付かれないように、ぎゅ、とジャケットの衿《えり》を指で握る。すると、彼の鼓動が少し大きくなった気がした。

（ごめん、霧生。ちょっとだけ……っ）

天望デッキまでの、一分足らずの我が儘。このまま霧生と空へ向かって、花火のようにひといきに放たれていく錯覚がする。

コロンはつけていないはずの彼の、甘い香りに包まれながら、草は一瞬、時間を忘れた。

到着のアナウンスとともに、ぼんやりしたままジャケットから指を離す。本当はもっと触れていたいのに、草の想いを無視して、エレベーターの扉が開いた。

「草、着いたよ。行こう」

「うん――」

一度我が儘なことをしたら、もう一度同じことがしたくなる。どこかでそれを断ち切らないと、霧生と普通の親友に戻れない。二度と我が儘なことはしないと決めて、草は霧生に促《うなが》されるままに、天望デッキへと降り立った。

ガラス張りのそこは光に溢れ、景色を遮るものは何もない。二人の目の前に、地上三百五十メートルの奇跡のような大パノラマが広がっている。

「うわあ……っ」

「すごい――！」

観光客の感嘆する声が、あちこちから聞こえてきた。

ついさっき二人でスカイツリーを見上げていた場所が、遥《はる》か下の方で霞《かす》んでいる。地面を覆い尽くしたビル群はレゴのパーツのように小さく、車や人は米粒くらいにしか見えない。

「高い……っ。すごいな！　ネットで見た動画と全然違う」

「草、自分の足元見て。足元」

「何？　足元って――おわっ！」

言われた通りにそこを覗くと、真下へ向かって吸い込まれてしまいそうになって、草は思わず飛びのいた。高所恐怖症でなくてもこれは怖い。スカイツリーを支える武骨な鉄骨が、目が眩《くら》む高さで地面まで伸びている。

「ははは、草の今の顔、最高」

「だって怖いし！　足が竦むって」

「これで怖がってちゃ駄目だよ。別のフロアには、ガラスの床があるらしいし、俺はそっちも見たいな。ほら、草」

おいで、と霧生が草を手招きしている。全然怖がらない彼を見ていると、少し羨ましくなってきて、草もそろそろと元の場所に戻った。

自分の足元を、まるでプラモデルのような電車が走っていく。ガラスを通して見えるものはみんな小さいのに、鉄骨の近くを飛ぶ鳥だけが普通のサイズで、空に浮いている気分だった。

「もう怖くない？」

「……うん。平気。霧生がそばにいるから、怖くないよ」

にこ、と草が笑うと、霧生の眼鏡の向こうの瞳が、溶けそうに優しくなった。

「俺も同じだよ、草。足元がガラスでも、ここよりもっと高いところを飛行機で飛んで、手術を受けに行った時もそうだった。俺には草がいるから、何も怖くない」

「霧生――」

「草と一緒に、こんな景色を見られてよかった。二十歳まで生きて、約束を叶えることができて、よかった」

天望デッキには人がたくさんいるのに、その時草の耳には、霧生の声しか聞こえなかった。

草はずっと、霧生の二十歳の誕生日が来ることを信じていた。信じていたから、彼がもう一度自分の前に現れるまで、二年以上も待っていられた。

（でも俺は、本当は怖かった。いつも怖くて、二度と霧生と会えないかもしれないって、心のどこかで考えてしまう自分が嫌だった。だから信じるしかなかったんだ）

矛盾していたその気持ちを、霧生は分かってくれるだろうか。草は少し躊躇った後で、思い切って彼に尋ねた。

「一つだけ、聞いてもいい？」

遠慮がちに言った草に、霧生は、ああ、と小さく頷いた。

「霧生は、……お前は、もしかしたら今日の誕生日は来ないって、思ったこと、あった？」

聞いてはいけないことだと、頭では分かっている。でも草は知りたかった。ずっとそばにいても、見えそうで見えなかった、霧生の心の中を。

「――あったよ」

短い答えが草へと返ってくる。一瞬何も言えなくなって、草は口を噤《つぐ》んだ。

「病気が治るまでは、毎晩、寝る前に考えてた。明日は目が覚めないかもしれない、って。眠れなくて朝まで起きていたことも何度もある。二十歳まで生きられる保証なんて、俺にはどこにもなかったから」

初めて霧生が教えてくれたそれは、ずっと彼の小指の糸を見てきた草には、重たい言葉だった。

高校の頃、同級生の誰よりも儚げだった、霧生の糸。それを見るたび、一喜一憂していたことを思い出して、草の背中にじんわりと汗が浮いてくる。

「草、俺の毎日は、『今日も生きてた』の繰り返しだったんだ」

「今日も、生きてた？」

「そう。俺には今日しかなくて、明日のことや、将来のことは、ぼんやりとしか考えたことがなかった。だから、高校をやめて遠くの病院へ転院したら、草にはもう会えないだろうって、諦めてた」

「そんな――」

「……でも、あのマラソン大会の朝、草が俺を見送りに来てくれた時、俺、嬉しくて。すごく嬉しくて、もう一度草に会いたいと思ったんだ」

あの別れの瞬間に、霧生がそんなことを考えていたなんて、知らなかった。離れ離れになるのが嫌で、泣くことしかできなくて、無力だった草を、霧生は誰よりも求めていてくれたのに。

「俺に、二十歳になったら一緒に祝おうって言ったのは、そのせい？」

「ああ。いつ止まるか分からない心臓でも、約束があったから諦めないでいられた。転院した後は、草との約束が薬代わりだったよ。草にもう一度会うまでは、絶対に生きようと思った。だから俺は今、ここにいる」

「……霧生……」

「草にただ会いたくて、生きてきたんだ。この先百歳まで生きても、今日のことは忘れない。草と一緒に見た景色も、全部」

霧生の言葉と、まっすぐな瞳が、草の左胸をきゅうっ、と締め付ける。最初で最後のはずの今日のデートに、霧生からそれ以上の大きな意味を与えられて、草の決心がぐらつき始める。

自分に会うために生きてきたと言われて、心を動かされない人間なんかいない。

(俺だって、ずっと霧生に会いたかったよ。だって霧生は、俺の初恋の人なんだから)

唇が勝手に動きそうになって、草は強く奥歯を噛み締めた。この初恋は、霧生にとって迷惑にしかならない。平凡で何の取り得もない草は、彼にふさわしくない。

草は大きく息を吸い込んで、体の中で暴れている感情を忘れようとした。何も知らない霧生は、スチールの手摺《てす》りに肘《ひじ》をついて、晴れ渡った東京の街を見下ろしている。

「来年の誕生日も、楽しみだな」

「え？」

「来年も草とデートしたい。――あ、その前に、四月に草の誕生日がくる。今度は俺が計画を立てなきゃ」

遠くを見詰める霧生の横顔が、満ち足りた笑みに包まれている。彼を見ていたら、また左胸を締め付けられそうになって、草は逃げるように歩き出した。

「俺のことはいいよ。それより、もっと上にも天望回廊っていう見どころがあるんだ。そっちも行ってみよう」

「草。待って」

「名物のスカイソフトを食べなきゃ。霧生もいるだろ？　うわあ、大行列だなあ！」

盛況なソフトクリームの売店を見て、草はわざとはしゃいだ声を出した。無理に笑ったせいで、頬が引き攣《つ》って仕方なかった。

来年の霧生の誕生日、その時草は、彼のそばにはいない。もう一度、恋を終わらせるための決心を固めながら、草は行列の最後尾に加わった。


大きなお皿に盛ったほかほかのご飯の上で、真っ白い湯気が躍っている。草はご飯にカレーを回しかけると、目玉焼きと蕩けるチーズをトッピングした。

「お待たせしました。当店特製、賄《まかな》いカレーでーす」

オールディーズの名曲が流れる、草のバイト先の店内。ビリヤードをする客はまばらで、真夜中は常連でいっぱいになるバーカウンターも、今の時刻は草と霧生の二人だけだ。

「んー、めちゃくちゃいい匂い」

「そこらのカレー屋より絶対うまいから。食べてみて」

「いただきます」

カウンターの向こうで、霧生が丁寧に両手を合わせている。彼がスプーンを口に運ぶまで、草はどきどきしながら見守った。

「……おいしい……！」

カレーを一口食べた途端、霧生が瞳を丸くする。期待通りの反応だ。

「だろ？　だろ？」

「本当にこれ、賄い？　今まで食べたカレーの中で一番だ」

いつも上品に食事をする彼が、すごい勢いでぱくぱく食べている。草は嬉しくなって、自分のお皿も大盛りにした。

「よかったー、気に入ってくれて。お客さんには出してないから、霧生にだけ特別だよ」

「ありがとう。でも、売り物じゃないなんて、何だかもったいないないな」

「――草くん、サラダも食べるだろう？　サーブは僕がするから、草くんも座りなさい」

カウンターの奥にある厨房から、野菜サラダの皿を二つ持って店長が顔を出す。今日は一日中歩き回ったから、草のお腹はぐうぐう鳴っていた。

「すみません、お願いします」

急いでカウンターの向こうに回って、霧生と二人で競争するようにカレーを食べていると、店長が楽しそうに笑った。

「見ていて気持ちがいいねえ。若い子の食べっぷりは」

「店長さん、すごくおいしいです。このカレー」

「ありがとね。今日は君の誕生日なんだって？」

「はい」

「おめでとう。草くん、うちに来てもらってよかったのかい？　ディナーならもっといい店を紹介できたのに」

「ここがいいんです。俺が一番うまいと思うものを、霧生にも食べてもらいたかったから」

草の隣で、霧生が大きく頷く。店長は満面の笑みで、もとから垂れ目の目尻《めじり》をいっそう垂れさせた。

「嬉しいことを言ってくれるね。はい、サラダとお水。おかわりあるから、遠慮なくどうぞ」

「はあい！」

もちろん二人とも一皿では足りなくて、カレーもサラダもおかわりをする。満腹になったはずなのに、デザートに出してもらったケーキもぺろりとたいらげてしまう。

ブランデーをたっぷり使ったチョコレートケーキには、数字の20を象《かたど》ったロウソクが飾られていて、霧生はとても感激していた。彼が喜ぶ顔は何度見てもいい。

店内を流れる曲がジャズに変わって、ゆったりとした空気がカウンターに広がっていく。ビリヤード台はいつの間にか客が増えていて、あちこちからキューで球を突く音がした。

「台が空いたら、一ゲーム勝負しようか」

「ああ。お腹がこなれるまで、ちょっとまったりしてよう」

「疲れた？　朝からずっと歩きっ放しだったもんな」

「ううん。今日は楽しかった。建築展も勉強になったし、スカイツリーにも登れた。おいしいカレーと、ケーキと、これも最高」

そう言って、霧生は右手に持っていたコーヒーカップを、軽く掲げた。

「草、夢みたいな一日をありがとう」

「何言ってんの。おおげさだよ」

「本当にそう思ってるんだ。誕生日が終わるのがもったいない。あっという間に時間が過ぎてく」

霧生が視線を移した先を、草もそっと追い駆ける。店の壁で静かに長針と短針を動かす時計。時刻はもう、午後八時を回っている。一日の終わりが近付いていることを知って、草の胸の奥が、ずきんと痛んだ。

「ま、まだ終わってないよ。十二時までもう少し時間はある」

まるでシンデレラみたいなことを言って、草は客がいなくなったビリヤード台へと、霧生を連れて行った。

「霧生。俺が勝ったら、後期試験の勉強を教えて。また必修の単位ヤバイかも」

「じゃあ、俺が勝ったら、もう一ゲーム付き合って」

どちらが勝っても、この賭けは草の得にしかならない。

ナインボールは、草が最初に霧生に教えたゲームだ。菱形《ひしがた》に並べた九つの球を、白い球を当てて番号順にポケットに落としていく。

（わざと負けたら、怒られるかな）

何度もこの店に遊びに来た霧生は、そのたびにビリヤードの腕前を上げていた。わざと草が負けなくても、僅差《きんさ》の勝負は彼の勝利に終わって、もう一ゲーム、また一ゲーム、と続いていった。

「誕生日だからって、俺に花を持たせなくてもよかったのに」

「違うよ。霧生がうまくなったんだ。俺の教え方がいいんだな」

うんうん、と頷く草に、霧生が微笑みを向ける。休憩をしながら結局十ゲームも勝負をして、店を出た時には、十一時近くになっていた。

草がいつもバイトを終えて帰る道を、今夜は二人で歩いている。繁華街のネオンサインが少しずつ遠くなり、風景にアパートやマンションが多くなるごとに、草の歩くスピードは遅くなった。

刻々と時間が過ぎるのを、こんなに惜しいと思ったことはない。少しでも長く、霧生とデートをしていたい。

草の気持ちが伝わったのか、彼の歩くスピードも遅かった。でも、とりとめのないことを話しているうちに、二人のアパートがある学生街に辿り着いてしまう。

「霧生に渡したいものがあるから、俺の部屋に寄ってくれる？」

「ああ」

道沿いに歩けば、先に見えてくるのは霧生のアパートだ。草は通りを何本かずれて、自分のアパートへ霧生を誘った。

「座ってて。お茶でも淹《い》れるよ」

部屋の鍵を開けて玄関の明かりを点《つ》けると、ひんやりした夜の空気が草を包む。ドア一枚で外と隔たっただけで、室内はやけに静かだった。

「えっと——渡したいものって、これなんだけど」

草は霧生をソファに座らせてから、押入れに隠していたダンボールの箱を取り出した。同級生全員でカンパを集めた、霧生へのプレゼントだ。

「二組のみんなからのお祝い」

「え…っ」

「実は、霧生に内緒で連絡を回して、用意してたんだ」

「……嘘だろ……、どうしよう。みんなが俺に？」

「うん。霧生が喜んでくれるといいなって、幹事の松岡からメール来てるよ」

「ありがとう松岡、みんな――」

箱を開ける指先が少し震えているのは、霧生が緊張しているからだろう。箱の中には、リボンでかわいらしくラッピングされた包みが入っている。リボンを解いた霧生は、眼鏡の下の瞳を何度も瞬《しばた》いた。

「これは……」

みんなで相談をして選んだプレゼントは、革製のカバーがついた立派な日記帳と、霧生の大きな手に馴染む、幅のたっぷりした黒の万年筆だった。

病気を治した霧生に、これからも長く使ってもらえるもの――。二つのプレゼントは、そんな意味を込めて選ばれた。彼の喜んだ顔を見ていると、草も満たされた気持ちになれる。

「日記帳に、早速この万年筆で今日のことを書くよ。みんなへのお礼も、メールや電話じゃなくて手紙にする。ありがとう、草」

「どういたしまして。みんなも喜ぶよ、きっと。霧生がプレゼントを気に入ってくれてよかった」

草はそっとソファのそばを離れて、キッチンでコーヒーの用意をした。小さなコンロの火を点けて、戸棚からインスタントコーヒーの瓶を出していると、後ろで霧生が短い声を上げる。

「あっ」

がさごそ箱の中を探る音がして、彼はそこに入っていた三つめのプレゼントを見付けた。

「みんなからの寄せ書きだ——」

草の呼吸が、は、と一瞬止まった。

寄せ書きの色紙には、イラストが得意な同級生が描いた霧生の似顔絵を真ん中に、カラフルなペンでメッセージが書かれている。誕生日おめでとう。また同窓会しようね。ずっと元気でいてね。メッセージの一つ一つを、霧生は大切そうに読み上げていく。

草はキッチンの方を向いたまま、黙ってインスタントコーヒーの瓶を開けた。シュンシュン、とコンロの上のやかんが、草を急かすように騒ぎ始める。

その音がうるさくて、草は霧生がソファから立ち上がって、すぐ後ろまで来ていたことに気付けなかった。

「草」

「——」

「この寄せ書き、草の言葉がない」

ざらっ、と、手元が狂ったスプーンから、こげ茶色の粉が零《こぼ》れ落ちる。霧生にすぐに知られて当然のことだったけれど、いざ指摘されると、草は動揺した。

「もしかして書き忘れたのか？　ひどいな」

からかい半分に笑っている霧生に、草は首を振って答えた。かちり、とコンロの火を消して、やっと口を開く。

「忘れてた訳じゃないよ。……書けなかったんだ」

「え？」

「何を書いても嘘になる気がして、どうしても書けなかった」

「嘘って、何が？」

「これから先、ずっと残るものに、俺の言葉なんか書けないよ」

意味が分からない、と言いたげに、霧生が小首を傾げている。

住所がばらばらな同級生たちの間をぐるりと巡って、最後に草に託された色紙。明るくて前向きなメッセージばかりが並ぶ寄せ書きに、草の居場所はなかった。

「聞いて。霧生」

部屋の隅のベッドに置いていた、目覚まし時計の日付が変わる。霧生の二十歳の誕生日が終わった。最初で最後のデートが、終わってしまった。

霧生が夢のようだと言ってくれた、約束の一日。夢から覚めたら、それをもう一度繰り返すことはできない。草は冷たくなった指先を握り締めて、覚悟を決めた。

「霧生。――俺が霧生の誕生日を祝うの、これで最後だから」

「草……？」

「約束、果たしたから。もういいよな？　来年の誕生日は、他の人に祝ってもらって。例えば彼女とか」

「彼女？　何を言ってるんだ、草」

「何って、そのままの意味だよ。霧生は大学でもてるんだし、かわいい女の子にケーキ焼いてもらったりする方がいいじゃん」

「草。俺の目を見て言って。ちゃんとこっちを向けよ」

「……っ」

無意識に視線を外していたことを、草は彼に言われてやっと気付いた。霧生のことを、真正面から突き放すには、とても勇気がいる。

「草。今の話はいったい何だ？　何を考えてる」

震える二の腕を摑《つか》まれて、草は彼の方へと引き寄せられた。霧生の真剣な瞳がすぐそこにあって、もうごまかしたり、はぐらかしたりはできなくなった。

（大好きなんだ。霧生。霧生のこと、離したくないよ）

本当はただの親友に戻りたくない。これから先も霧生と一緒にいたい。小指の赤い糸で結ばれた、特別な存在でいたい。

（でも、俺は決めたんだ。俺と一緒にいたって、霧生にいいことなんか一つもない。霧生に

はもっとお似合いの子がいる）

清楚な誰かの笑顔を思い浮かべて、けっして敵《かな》わない悔しさで、草は泣き出しそうになった。草が持っていないものを、全部持っているあの子。一途な片想いをしているあの子といれば、霧生はもっと幸せになれる。

（俺が霧生の背中を押してやるんだ。他の友達にそうしたように。好きな人が幸せになってくれたら、俺も幸せなんだ）

赤い糸が見える不思議な力は、きっとこの時のために、神様が草にくれたに違いない。

一番大切な人のために、自分は何ができるだろう。草の答えはたった一つだ。

「霧生。俺たちが結んだおまじない、今日で解こう」

ちりっ、と感電したように痛んだ左手の小指。草と同じ痛みを覚えたのか、霧生が表情を歪《ゆが》ませる。

「何故《なぜ》？　どうして急に、そんなこと……」

「……俺、好きな女の子ができたんだ。霧生と結ばれたままじゃ、その子と付き合えないから」

「草――」

「霧生にお願いされて結んだのに、ごめんな。おまじないがなくなっても、俺たちは親友だから。それは、変わらないから」

「草……っ」

へたくそな嘘しかつけない自分が、草は情けなかった。霧生の表情がいっそう曇ったのを見て、ほっとしてしまった自分は、もっと情けない。

（やっぱり俺は、おかしいんだ。霧生にこんな顔をさせてるのに、嬉しいなんて）

自分で自分を叱《しか》って、彼の返事をじっと待つ。

一心に何かを考えていた霧生は、頭の中にあるものを打ち消すように、何度も何度も首を振った。

「嘘だ。好きな子なんていないだろ？」

「ちゃんといるよ。嘘じゃない」

「ごまかすな。草が嘘をついても、俺にはすぐに分かる」

「本当だってば……っ」

ありもしない嘘をつくのは苦しい。好きな人は霧生だけだ。草の初恋も、二度目の恋も、霧生のものだ。でも、本心を打ち明けたら親友にも戻れない。

「とにかく俺は、もうおまじないなんかやめるから。だいたい、男どうしでそういうの、変だよ」

草は無理矢理、冷たい言葉を霧生に浴びせた。自分で自分を傷付けている草を、霧生はもっと傷付いた顔で見詰めている。

「草、お前は本当にそんなことを思ってるのか？　違うだろ」

「違わない。霧生だって、すぐに彼女ができるよ。香純ちゃんとか――いい子がいるじゃないか」

「どうして香純の話になるんだ。あの子は友達だ」

「今はそう思ってても、きっといつか変わる。頼むから、おまじないを解かせて」

「嫌だ。草。俺は草を離さないよ」

怒った声でそう言って、霧生は自分の左手を握り締めた。途端に、草の左手も火を摑んだように熱くなる。

――離さないよ。聞いたこともないほど怖い声だったのに、草の耳にそれは切なく響いた。胸の奥が痛くなって、また決心が揺らぎそうになるのを、必死で我慢する。

「駄目だよ。分かって、霧生」

「分かってないのは草の方だ。これから先も、俺は草と一緒にいる」

「霧生……」

「――誰にも渡さない。俺は草のことが好きだ」

「っ……、ずるいよ、霧生……」

ぽろりと、コップの水が溢れるように、草の瞳から涙が落ちた。

もう、友達の『好き』はいらない。

恋人の『好き』しかいらない。

反射的に、草の右手がチョキの形に変わる。指の刃を、草は自分の左手の先にあてがった。草と霧生を繋ぐ、赤い糸の蝶々結び。見えないそれを断ち切るために、右手にあるだけの力を込める。

「やめるんだ！」

大きな声が部屋中に響いて、時間が止まってしまったかのように、草の視界が静止画になった。

霧生の掌の中に握り締められたチョキ。彼の見開いた瞳。草が忘れていた呼吸を取り戻した瞬間、時間は再び流れ出す。

「手を離して、霧生……っ」

「嫌だ。――絶対に離すもんか」

「霧生……！」

キッチンでもみ合いになった二人は、バタン、バタン、とフローリングの床を蹴《け》りながら、部屋の中を暴れ回った。

霧生から逃れようとするうちに、家具や家電に体をぶつけて、草が倒れ込む。咄嗟にかばい切れなかった頭を、ソファの背凭《せもた》れに打ち付けて、草はそのままそこに転がった。

「痛っ――」

目の前がぐらりと揺れて、部屋の天井が回転する。軽い脳震盪《のうしんとう》を起こした草を、ソファに縫いとめるようにしながら、霧生は強く抱き締めた。

「草。草……っ」

肩口に顔を埋めて、霧生が草の名前を呼んでいる。彼の激しい息遣いと、めちゃくちゃなリズムで鳴る心音。草は霧生の腕の中で、思わず、びくっ、と体を震わせた。

「霧生、大丈夫？　心臓、平気――？」

「もう治ったって、何度も言ったろ！　いつまで俺のことを心配する気だ！」

今まで一度も怒鳴ったことのない霧生が、初めて本気で、草に怒鳴った。あまりの迫力に、草の細い喉がひくついて、子供みたいにぽろぽろ涙が溢れてしまう。

「だって…、きりゅ……」

赤い糸を切ることもできずに、怒られて泣くなんて。こんなみっともない顔を見られたくないのに、霧生に両腕を抱き込まれていて、手で隠すこともできない。

「きりゅう、の、しんぞうが…っ、とまった、ら、どうするんだよ……っ」

「――好きな女の子ができたんなら、俺のことなんかどうでもいいだろ」

「そんなの、むり。霧生の、こと、が、一番、だから、心配……っ」

「泣くな。ちゃんともう一回言って」

「霧生のことが、一番、だから、心配するんだ。霧生のことが大切だから、俺と一緒にいち

や、駄目なんだ」

「何が駄目なんだ。そんなことを、一人で勝手に決めてほしくない。言ってることがめちゃくちゃだよ、草は」

「俺は、霧生のためを思って……っ」

ひく、と喉をもう一度喘《あえ》がせると、また草の頬に涙が伝う。止まらない雫《しずく》を見下ろしながら、霧生は自分の頬をそこに寄せて、ぐりぐりと擦り付けた。

「本当に俺のためだと思うんなら、ずっとそばにいてほしい」

「霧生……っ」

「草を離したくない。俺以外の、誰にもあげない」

草の耳を唇で塞いで、霧生は柔らかいそこに歯を立てた。子犬と子犬がケンカをするような仕草をされて、草は身じろぐ。

「痛い、よ、……霧生」

本当に痛かったのは、耳じゃなかった。霧生を怒らせて、傷付けた。浅はかだった草の胸が、潰れてしまいそうなくらい痛い。

「俺をびっくりさせた罰だ」

近過ぎてぼやけて見える霧生の瞳も、微《かす》かに潤んで赤くなっている。ぐすぐすと草が泣いていると、彼はやっと耳朶を齧るのをやめてくれた。

「草の馬鹿。——せっかく草が結んでくれたおまじないを、自分で切ろうとするなんて。草といると、心臓の手術を何度したって足りないよ」

霧生の鼓動は、まだ大きく乱れている。草は彼の胸元で縮こまるようにして、ごめん、と謝った。

「もう二度と、あんなことはさせないから」

霧生は、抱き締めていた力を少しだけ緩めると、草の左手を、二人の顔の前まで引っ張り上げた。

「草。俺たちのおまじないは、絶対になくならないよ」

「え…？」

小指と小指が、まるで糸を縒《よ》り合わせるように、そっと絡まる。指切りの形にしたそれを、霧生は自分の唇へと近付けて、羽根よりも柔らかなキスをした。

「草と俺は、最初から赤い糸で結ばれた、運命の恋人だから」

霧生の声が、ひどく遠くの方から聞こえた気がした。今、彼は何て言った？

「赤い糸、って……」

「俺たちのこの指に、あるだろ」

霧生がもう一度、二人の小指にキスをする。草は驚きで、自分が泣いていることさえどうでもよくなった。

「霧生、まさか、見えるの――？」

頷いた霧生の顔を、草は瞬《まばた》きも忘れて見返した。嘘だ。そんなこと信じられない。でも、霧生の唇は正確に、彼の小指から伸びる糸の上を辿っていく。

「ほ、本当だ。み……見えてる？」

「ああ。――やっぱり、草も見えるんだな。おまじないをやってる草を見て、高校の時から、そうじゃないかと思ってた」

震えながら、草は頷き返した。

霧生も同じ力を持っていたなんて。赤い糸が見えるのは自分だけだと思っていたから、彼が証明してみせたところで、草は簡単には信じ切れない。

「霧生は、自分の糸も、見えるの？」

「俺は、俺と草の糸しか見えない。他の人の糸は見たことない」

「えっ」

「幼稚園くらいの時に、ひどい発作を起こして危篤状態になったことがある。そのせいかどうかは分からないけど、俺はそれ以来、自分の小指の先に、赤い糸が見えるようになった」

そう言うと、霧生は絡めていた小指を解いて、ゆっくりと草の体を抱き起こした。二人分の重みでソファの脚が軋《きし》んでいる。向かい合わせに座りながら、まだ戸惑っている草に、霧生は秘密の続きを打ち明けた。

「高校の入学式で、初めて草に会った日に、草と俺の糸が結ばれていることを知ったんだ。その時はまだ、草の名前を知らなかったけど、自分の糸の先に、草の糸があった」

入学式の日のことは草も覚えている。高校生の生気に満ちた糸の中で、霧生の糸だけが細くて儚げで、その時から彼は気になる存在だった。

でも、二人の糸が結ばれていたなんて、草は知らなかった。普通は告白し合って初めて蝶結びになるのに。草が霧生を好きになるより先に、出会う前から結ばれていたのなら、草と霧生の糸は、二人だけの特別な糸ということになる。

今まで思いもしなかった秘密を打ち明けられて、草の頭の中が混乱してきた。

「最初から結ばれてる糸なんて、見たことないよ…っ。お、俺っ、自分の糸はないかもしれないって、思ってた。俺にも、糸はちゃんとあったんだ」

自分の左手の小指を見詰めて、声を震わせる。霧生は、はっとした顔をして、草と小指を交互に見比べた。

「もしかして、草は自分の糸が見えてないのか？」

「うん。一度も見たことない。霧生と結んだおまじないの蝶々結びも」

「――そうだったのか。それなら、俺たちは、二人で一つの力を分け合ったのかもしれないな」

二人で、一つ。霧生の囁きが草の耳を伝わって、胸の奥の方まで響いてくる。

自分の糸だけ見えない草と、二人の糸だけ見える霧生。別々の場所で生まれた二人が、高校で出会ったのは、きっと特別な赤い糸で結ばれていたからに違いない。同じ力を二人で分け合った、それを運命の恋人と呼ぶんだろう。

出会ってすぐに、友達になれたのも、友達から親友になって、初恋の人だと気付いたのも。草の霧生への想いが変化していく間、ずっと赤い糸は二人を結んで、見守ってくれていたのだ。けっして二人の心が離れないように。

「……ごめん。自分の糸の先に、男がいて、霧生はがっかりしたろ」

涙の痕《あと》が残った頬を、手の甲で擦って、草は呟くように言った。鼓動で胸が痛くて、声が出せない。でも、その痛みは甘く幸せな痛みだった。

「最初はすごく驚いたけど、入学式の時に、草も俺のことを見てただろう？　茶色い目がリスみたいで、かわいいいと思ったよ」

「リス？」

丸くなった草の瞳を見て、霧生は高校生の頃を懐かしむように頷いた。

「草のことを知りたくて、すぐに友達になりたいと思った。草の方から声をかけてくれて、すごく嬉しかった」

「……うん。俺も、霧生と友達になりたかったから」

「放課後、二人きりで帰るようになって、だんだん草のことを独り占めしたくなっていった。

草が俺の体を心配するのを、特別な感情なのかなって、拡大解釈したり、反対に自己嫌悪したりして。学校に行けない日も、考えるのは草のことばっかりだった。今も、だけど」

「霧生――」

「草は友達、一番の親友なんだって、自分にいつも言い聞かせてた。でも……とっくに草は、親友じゃなくなってたよ。俺の中で膨らんでた気持ちは、もっと強くて、歯止めが利かない」

真夜中のアパートの静けさに、霧生の声が溶けていく。彼はかけていた眼鏡をそっと外すと、真剣な顔を草へと向けた。

「俺は、草のことが、ずっと好きだった。赤い糸で結ばれていた草と、本当の恋人になりたかった」

レンズのない、黒く輝く彼の瞳に、草の顔が映り込んでいる。霧生の視界をいっぱいにしたそれは、いつの間にか涙でぐしゃぐしゃになった顔だった。

（俺と同じ、『好き』だ）

もう涙は止まっていたはずなのに、あとからあとから雫が溢れてくる。霧生が指先で拭《ぬぐ》ってくれても、間に合わない。

「ど、して、どうして……高校の時に、言わなかった？　もっと早く、教えてくれたら、俺だって、自分の気持ちに、気付けたのに」

「病気を抱えていた俺に、告白なんてできる訳ない。あのマラソン大会の朝、草は俺におまじないをしようとしただろう？　覚えてるか？」

「うん……っ。忘れてないよ」

マラソン大会の朝、霧生と二度と会えなくなる予感がして、草は小指の糸を彼と結ぼうとした。霧生を失わないで済むなら、自分の命を差し出しても構わなかった。

「でも、霧生は俺に糸を結ばせてくれなかった。俺の腕を摑んで止めたんだ」

「もし俺が死んだら、草まで死んでしまうような気がして、あの時はああするしかなかった。俺が遠くへ離れさえすれば、草は大丈夫だと思ったから、何も言わないまま転院したんだ」

「俺が、死ぬって……？　馬鹿。そんなこと、ある訳ないじゃないか」

草は今になってやっと、二年半前の別れの真実を知った。何も知らなかった自分が悔しくてたまらない。霧生の気持ちも、優しさも知らずに、一人で置いて行かれた気になっていた。もし時間が戻せるなら、あの頃の自分に会いに行って、霧生を絶対に離すなと言いたい。

「草。ごめん。あの時の俺は、すごく臆病だった」

霧生の両手が、濡れたままの草の頰を包む。温かい掌を通して、彼の想いが伝わってきた。

「草が俺に約束をくれたから、俺は強くなれた。草にもう一度会うためなら、危険だと言われた手術も怖くなかった。俺の壊れかけてた心臓に、命をくれたのは草だよ。草に恋をしたから、俺は今日も、明日も、何年先も生きていける」

生きること、その全てが恋なんだ、と、霧生は教えてくれる。草は両手を彼の背中へと回して、ぎゅ、とジャケットを握り締めた。霧生のまっすぐで大きな想いを、ほんの少しも零さないように、全部受け止めたかった。

「俺が二十歳まで生きられて、その時草がそばにいてくれたら、告白しようと決めてた」

「うん。——うん、霧生」

「でも、大学で再会したら、誕生日まで待てなくなって、フライングした。草に好きだと告げても、おまじないをしてもらっても、すぐに草の心は手に入らない。草の肩を抱いたり、手を繋いだりするたび、俺一人が空回りしてるみたいで、どうしていいか分からなかった」

「霧生も、迷ってたんだ。俺と同じ……」

草の瞳から大粒の涙がぽたりと落ちて、頬を包んだままの霧生の手を濡らしていく。草を長い間苦しめていた、親友と恋人の距離が、まるで幻のようにかき消えていく。

「霧生、ごめんな。俺もお前に、おまじないを解こうとしたことを謝らなきゃいけない。大事な二十歳の誕生日のプレゼントに、霧生にかわいい彼女を——香純ちゃんをあげようと思って、無理矢理さよならしようとした」

「草……。どうしてそんなことをしようとしたんだ？」

「だって、俺は霧生にはふさわしくないと思って。俺にはあの子みたいな目標もないし、自慢になるようなことも、何も持ってない。霧生に何もしてあげられないから」

「そんなことない。草がいなきゃ、きっと俺はここにいなかった。俺たちが離れている間も、俺と草はずっと赤い糸で結ばれてたんだ。いつだって、小指の先には草がいる——。草は俺を支えてくれていたんだよ」

そう言うと、霧生は部屋の天井に自分の左手を翳した。まるで太陽に向けた時のように、ライトの明かりが彼の小指を透かして、赤い血潮が揺らめいている。

(——そう言えば、あの子がそんな話をしてた)

入院中、霧生は窓の外に向かって、よく左手を掲げて見詰めていた、と、香純は教えてくれた。遠く離れた街で、霧生は草のことを頼りに思っていてくれたのだ。

自分の存在が、好きな人の勇気の一部になる。草は嬉しくて仕方なくて、霧生の胸に顔を埋めて、ぎゅうっ、と彼を抱き締めた。

「本当に、俺で、いいの？　霧生のことを好きな子は、たくさんいるのに」

「誰に想われても、俺は草がいい。草を選んで誰かが傷付いたとしても、俺の気持ちは、一つしかないから。草しか欲しくない」

涙で霞んだ目の前に、ふ、と小さな呼吸音が近付いて、草の額に温かいものが落ちた。

「好きだよ。草のことが誰よりも」

触れるだけのキス。霧生がくれた神聖なそれが、不安や罪悪感でいっぱいだった草の心を溶かした。

誰かと自分を比べたり、自分の気持ちを偽ったりするのは、もうやめよう。霧生が好きだと言ってくれる。草だけを求めている。

「草が好きだ。俺の気持ちが伝わるまで、何度でも言うよ。こんなに簡単なことなのに、どうして気付かなかったんだろう」

ちゅ、と額にもう一度キスが贈られる。霧生の唇が触れた場所から、草の想いが堰《せき》を切って溢れた。

「俺も、霧生のことが好き。高校の頃からずっと——ずっと好きだった。これからもずっと好き……っ」

不器用な告白しかできなくて、もどかしい。でも、霧生は草から瞳を逸《そ》らさなかった。たどたどしい言葉を、彼は潤んだ眼差しで受け止めてくれる。

「ありがとう。草。大好きだ」

「霧生の、恋人になりたい。もっとキス、したい。手も繋ぎたいし、もっと、だ……抱き締めたりとか、したい」

「全部しよう。俺もたくさん、草に触れたい。草は俺の初恋の人なんだ」

「俺も…っ。俺も霧生が初恋の人だよ。俺がおまじないで結んだ蝶々結び、霧生は見える？」

「ああ」

「俺にも教えて。どこにあるか」

「ここだよ。草。ここと、——ここ」

草には透明にしか見えない中空を、霧生は小鳥をそっと捕まえるように、二度、両手で丸く囲った。

「二つ？」

「草のおまじないの蝶々結びと、入学式の時からある蝶々結び」

霧生は草の両手を取って、蝶々結びがある場所に添えてくれた。

形を確かめるように、おそるおそる指や掌を動かしてみる。すると、ほんの少しの温もりと、綿に触れたような柔らかさを感じた。

「ちゃんとある。……ちゃんと霧生と結ばれてる」

見えなくて不安だったことを告げると、霧生は草の掌の上に、自分の掌を重ねて、蝶々結びを守るように包み込んだ。

「これからは、いつでもこうして、俺が草の目の代わりをするよ」

「うん」

「草のおまじないの蝶々結びは、ちょっとだけ形がへたくそなんだ」

「へたくそでごめん――。結び直す」

かあっ、と頬を赤くした草に、霧生は優しい顔で微笑んだ。

「このままでいい。草っぽくて、俺は大好きだ」

熱くなった草の頬を、霧生の甘い声が掠《かす》めていく。彼の吐息を間近に感じたその時、草の唇が柔らかく塞がれた。

ずっと触れたくて、でもねだることはできなかったキス。唇と唇を重ねる、眩暈のするような恋人のキスが、二人の時間を停止させた。

「ん……っ」

草は頭の中を空っぽにさせて、霧生の唇をただ感じた。このキスは夢じゃない。待ち焦がれていた唇に夢中になって、重ねた角度を何度も変える。

「ん、う、……霧生……、もっと」

「草――」

「前にしたキスだけじゃ、足りなかった。一回だけで終わったから、もう霧生は、俺とキスするの嫌なんじゃないかって、思ってた」

「嫌なもんか。草の方から、してくれてもよかったのに」

「本当……？　霧生に嫌われたくなくて、俺、怖くて、気にしないふりしてた」

「……ごめん。草とキスをしたら、グラウンドを一周するよりどきどきするから、ちゃんと恋人になれるまで、我慢しようと思ったんだ」

抱き寄せられた霧生の胸元から、どくん、どくん、と鼓動が聞こえる。力強く、リズミカルに命を刻むその音。草はたまらなくなって、彼のすらりとした首に両腕を回して、体ごと自分を預けた。

「俺は我が儘だ。霧生の心臓がすごく鳴ってるのに、やっぱりキスしたい」

「俺もだよ。草。もう我慢しない」

草を強く抱き締めて、霧生が奪うように唇を重ねてくる。

いつも優しくて、穏やかな性格の彼に、こんなに情熱的な部分があるなんて知らなかった。

草もぎゅっと彼にしがみ付いて、したくてしたくてたまらなかったキスに溺《おぼ》れていく。

（止まらない。もっと、もっとしたい）

酸素を求める僅かな間も、キスを止めたくなくて、草は霧生の唇を甘噛みした。すると、柔らかいものが歯列の隙間から潜り込んできて、あっという間に口腔を満たす。

それが舌だと気付く前に、草はもう奥の方まで霧生に貪《むさぼ》られていた。ざらざらした上顎《うわあご》や、頬の裏側。自分が知っているキスとは全然違う、大人っぽいそれに、草はたちまち蕩けていく。

「んっ、ふ…う、んんっ――」

霧生に口の中をかき回されると、どうしてこんなに気持ちいいんだろう。頭がぼうっとして、彼の舌の動きしか追えなくなる。

くちゅくちゅ鳴っている水音も、草の鼻から抜ける掠れたような息遣いも、全部どこかへ消えてしまった。自分の舌を霧生に搦《から》め捕《と》られて、何度も吸われるうちに、草の体がどんどん熱くなっていく。

ジーンズの内側が、何だかきつい。キスから生まれた熱は、いつの間にか草の体中を駆け巡って、一番敏感な場所に集まっていた。

（どうしよう。変になってく……っ）

抑えようとしても、一度火のついた体は止まってくれない。恥ずかしくて腰をもじもじさせていると、それに気付いた霧生が、ぐ、と草を引き寄せた。

「あっ……」

駄目、と言いかけた唇を、またキスで奪い取られる。霧生の膝に乗り上がる格好になった草は、逃げる場所を失ってしまった。

腰と腰が擦れ合い、ジーンズの中心の膨らんだ感触に、悩ましく息を吐く。羞恥心《しゅうちしん》と、どうしようもない欲情とで、草は瞳を潤ませた。

「ごめん、霧生、俺……」

「どうして謝るんだ。草が欲しがってくれて嬉しい。——もっと草に触らせて」

逃がさないように、草の腰の後ろを片手で包むと、霧生はもう片方の手を、二人の隙間に潜り込ませた。ジーンズの上からゆっくりとなぞられて、硬くなった草の中心が浮き彫りになる。

「霧生……っ」

「草のここ、とても感じてるみたいだ」

「う、うん……」

「怖いことはしない。楽にして、草」

生まれて初めて自分以外の人に触られて、草は震えた。同時に、霧生の他は嫌だと思った。大好きな霧生だから、ジーンズの前を開けて、下着の中にその指が入ってきても構わない。

赤く腫れた屹立《きつりつ》の先端を撫でられて、くちゅん、と濡れた音がする。霧生の指が、ゆっくりと形を辿るように上下すると、無意識に草の腰が跳ねた。

「ああ――」

自分の声が甘ったるくて、慌てて両手を唇に持っていく。でも、指の隙間から声は漏れて、触られることに慣れていない草は、霧生の動きに翻弄《ほんろう》されていった。

「ふ、んんっ、あ…っ」

大きな掌の中で、草の中心が膨らみを増していく。ふるっ、と恥ずかしそうに震えたそれを、霧生は優しく扱《しご》きながら、草の耳元に唇を寄せた。

「気持ちいい？　痛くない？」

「い、いい。――いたく、ない」

「もっと強くしてもいい？　どうすれば草はもっと気持ちよくなる？」

「分からない…っ、あっ、あっ」

「教えて。俺も分からないから、草はどこをどうしたら好き？」

「全部好き――」

正直に答えたら、霧生は顔を真っ赤にして、かわいい、と囁いた。彼の声も、手も震えている。余裕がないのは二人とも同じで、上手な方法も知らないままに、愛撫を止めることができなかった。

張り詰めた草の先端から、涙に似た雫がとろりと垂れて、霧生の指を汚している。くびれたところを擦られると、腰の奥まで気持ちよさが広がって、草は耐えられなかった。

「ああ…っ、霧生、手、どけて。出ちゃうよ…っ」

「いいよ、草。このままで」

「だめ――駄目だよ。ああ、や…っ」

霧生の手首を掴んで止めさせようとしても、もう間に合わない。草の体の中で暴れていた欲望が、一気に出口を目指して駆け上がっていく。

「霧生――!」

彼の名前を呼びながら、草はがくん、と体を揺らした。目の前が白く弾ける感覚がして、全身が痺《しび》れたように痙攣《けいれん》する。続けて何度も腰を跳ねさせ、草は霧生の掌の中に熱いものを放った。

「はあ…っ、はっ、は……」

快感の余韻が去っていくまで、どれくらい時間がかかっただろう。前のめりに倒れた草の上半身を、霧生の肩が受け止める。

首筋に息がかかると、彼はくすぐったそうに微笑んで、草が呼吸を整えるまで待っていてくれた。

「――草、大丈夫？」

「ん…。気持ち、よかった」

「俺もどきどきした。もう少し草とこうしていたいから、休んで」

「ありが、と」

こく、と頷いて、草は霧生の肩に顔を埋めた。

霞んだ瞳を下に向ければ、白く濡れてしまった長い指が見える。自分が霧生を汚したんだと思うと、草はいたたまれなくて、また泣き出しそうになった。

「ごめん。霧生の手、どうしよ……」

「夢中で気付かなかった。まだ草のここ、熱いよ」

「くう、んっ」

いたずらにそこを撫でられて、草は軽く息を上げた。一度達したのに、またしてほしくなる。急ぎ過ぎているかもしれないと、自分にブレーキをかける余裕は、草にはもうなかった。

今度はもっと、霧生の熱を感じたい。そして彼にも、自分と同じように気持ちよくなってほしかった。

「シャワー、しよう。霧生の手、洗ってあげる」

「いいの？」

「うん。それから、あの……」

草は両目に涙をいっぱい溜めて、たどたどしい言葉で霧生を誘った。

「今度は俺のこと、汚して？」

草、と短く呼ばれた気がしたけれど、霧生の唇にキスを奪われて、何も分からなくなった。めちゃくちゃに口腔をかき回す舌と、キスの水音より響く霧生の鼓動。誘惑に成功した草は、置いて行かれないように必死で舌を動かして、霧生と呼吸を分け合った。


白い湯気の立ち込めたバスルームに、エコーがかったシャワーの音が響く。裸になった霧生の胸に、まだ生々しい傷痕があるのを見て、草は少し息を詰めた。

普段は服で隠れている手術痕。こんなに近くからそれを見るのは初めてで、つい目が吸い寄せられてしまう。

「……大きな傷……」

痛くなかったはずのないそれに、そっと右手を近付けて、草は上目遣いに霧生を見た。

「触っても平気?」

「ああ」

直線的な傷痕の上を、シャワーの水流が緩やかに洗い流していく。指の腹で触れてみると、ぴくん、と傷痕が震えて、心臓がすぐそこにあることが分かる。

この場所にメスを入れたんだと思うと、草は足が竦むほど怖くなった。病気を治すことが霧生の恋のしるしだったたと、当たり前のように受け止めることなんてできない。この傷痕は、霧生が命をかけた勇気そのものだった。

「……霧生はすごいな。これ、勲章みたいだ」

草は衝動的に、傷痕に唇を落とした。病気が治るまでの苦しみを取り除くように、ちゅ、ちゅ、と小さく吸い上げる。そのたびに肌を震わせる霧生のことが、草はいとおしかった。

「草——。俺のことを褒めてくれるのか?」

「うん。誰も霧生の真似なんかできない。たった一人で、辛い思いして。俺もそばにいられたらよかったのに」

「いや、俺は好きな人には苦しんでる姿を見せたくない。草は優しいから、きっと俺の倍、辛い思いをする」

霧生が闘病中のことを話さない理由が、やっと分かった。大切にされるのは嬉しいけれど、草はいつだって、霧生と対等でいたかった。

「俺も一緒に、霧生の病気と闘いたかった。何の役にも立たないかもしれないけど、少しは力になれたんじゃないかな」

「少しなもんか。草と赤い糸で繋がっているだけで、俺はたくさん勇気が出たよ。糸を通して、草は俺と一緒に闘ってくれていたんだ」

ありがとう、草——。耳元に落ちてきた霧生の囁きは、熱っぽい響きを帯びている。これから先も、ずっと霧生に必要とされたい。胸に満ちてきた強い想いに突き動かされて、草は霧生を抱き締めた。

「好き。——好きだよ。霧生」

その短い言葉でしか、心の中を言い表せられないのが悔しい。でも、霧生は溶けそうな瞳をして喜んでくれた。

「何回でも聞きたい。俺も草のことが好きだ」

「大好き」

温かなシャワーの雨の下で、何度目か分からないキスを交わす。ひとしきり触れた後で、互いの体を泡だらけにして、洗い合った。

胸やお腹や、背中を撫でるように洗っているうちに、二人とも手付きが熱を帯びていく。スポンジを持った霧生の手が、太腿《ふともも》の方まで伸びてくると、草はくすぐったいのと気持ちいいのとで、思わず体をくねらせた。

「…んっ…」

自分で触っても何とも思わないのに、霧生が触れると敏感に反応してしまう。足元が定まらないのは、湯気でのぼせたせいだろうか。

泡を流し終えてから、二人はバスルームを出て、脱衣室でまた唇を重ねた。一枚のバスタオルを分け合うように使って、下着もパジャマも着けないまま、部屋のベッドに寝転がる。

シングルベッドは、二人で使うとぎりぎりの広さしかない。寝具の中をシャンプーとソープの香りでいっぱいにしながら、霧生は草の体のあちこちにキスを降らせた。

「は…っ、あ――、あう…っ」

半乾きの髪を枕に埋めて、霧生の重みを受け止めているだけで、草の体中が火照《ほて》って疼《うず》き出す。

霧生のことを、自分だけのものにしたい。

キスの痕を赤く散らせている唇も、指を絡めて握り合った両手も、頭上で揺れる黒い髪も、全部欲しい。霧生と一つになりたい。

強い願いが膨れ上がって、息をするのも苦しくなっていく。すると、切なく上下する草の胸に、ちゅく、と霧生が吸い付いた。

「えっ、あ…っ、何して……っ」

彼の唇が、草の乳首を食べようとしている。やわやわとそこを含み、舌先で突《つつ》いて、そして磨《す》り潰すように転がしている。

「ん、くっ」

とても小さな場所なのに、霧生にそうされると、仰《の》け反《ぞ》るくらい強い快感が駆け抜けた。裸の下腹部に熱が溜まり、正直な草の中心が大きく形を変える。

「や――」

霧生にしがみ付こうとしても、彼に握り締められたままの両手では何もできない。もう片方の乳首にも同じことをされて、草は首を振っていやいやをした。

「これ、駄目。霧生、また変になるよ……っ」

「嫌い？」

「うう…っ、気持ちいいから、駄目」

草が消え入りそうな声で囁くと、霧生はいっそう強く乳首を吸った。加減を知らない愛撫が、草の欲情を一気に高めて、がくがくと細い腰を振らせる。

「霧生…っ…、待って――」

返事の代わりに、霧生は草の猛《たけ》った中心に、自分のそれを押し当てて、腰を使って擦り上げた。体の上と下で、ばらばらなリズムで触れられたら、もう我慢できない。

「いや、止まらな…っ。ああぁっ！」

快感が弾けてしまうのを、草は止めることができなかった。あっけなく達した白い痕が、霧生の下腹部にも広がって、ぬるぬるとシーツに零れていく。

「んっ、ふあ…っ」

力の抜けた膝を割り開いて、霧生は草が放ったものを指で掬《すく》い取った。彼も惑乱しているのか、微かに震えたその指が、足の間のきわどいラインを辿って、草には見えない場所へと伸びていく。

「草」

「あ――、霧生、そこは…っ」

びくっ、と震えた草を、本能的な怖さが包む。霧生の指が、固く閉じた小さな窄《すぼ》まりに触れた。

「草の全部に触れたいんだ。頼むから、逃げないで」

喉に絡んだ低い声と、懇願するような霧生の言葉。一心に見詰めてくる彼の瞳を、草は離したくなかった。

「草を俺だけのものにしたい――」

欲しいのは草だけじゃない。霧生も欲しがってくれる。草はさっきまでの怖さを忘れて、両手でシーツを握り締め、自分から膝を大きく開いた。

「こんなこと、するの、霧生にだけ」

恥ずかしくて、恥ずかしくて、体が沸騰したように熱い。霧生の視線が足の間に注がれているのが分かって、無防備に曝《さら》した窄まりがひくついた。

「震えてる。草のここ」

「んっ…」

「もっと奥に行かせて」

霧生の指先が、くぷ、と窄まりの中に潜り込む。草を傷付けないように、ゆっくりと。

「んうっ」

白濁を纏っていた彼の指は、強張《こわば》りを解《ほぐ》しながら奥を目指した。草の体の内側に、霧生の体温がある。ず、ず、と入ってくる指に、草は粘膜を擦られて声を上げた。

「はっ、ああ、ん。あぅ……っ」

「火傷《やけど》しそう。熱いよ、草」

「きりゅ……、あ…っ、ひあ……っ」

狭く閉じていたそこが、指が進むごとに綻《ほころ》んでいく。腰の奥から生まれた熱が、草の欲情を新たに煽《あお》った。こんな場所が感じるなんて、とうてい信じられないのに、草の中心はまた膨らみ始めている。

「んっ、ん、ふうっ」

「あ――、草の方から、俺の指を飲み込んでる。持ってかれる…っ」

気付かないうちに、草の内側は指に纏い付いて、もっと奥へと霧生を誘っていた。欲張りな体はひどく汗ばんで、シーツを皺《しわ》くちゃにして乱れている。

自分がどれほどはしたないことをしているか、草にはもう分からなくなっていた。二本に増えた霧生の指を食《は》んだまま、腰をしゃくり上げ、彼の体を膝で挟む。

「ああっ、もう……、俺…っ」

ぐちゅぐちゅと解された窄まりはとっくに蕩けて、次の段階へ進みたがっていた。暴走するのは体だけじゃない。心も霧生を欲しがっている。言葉でうまく言えない代わりに、草は彼の名前を繰り返した。

「霧生、――霧生」

三度目に呼んだ名前は、霧生のキスに飲み込まれた。草を翻弄して口腔を奪い尽くす舌先と、鳴り響く彼の心臓の音。

濡れそぼった指が草の内側から引き抜かれたのと、霧生がキスを途切れさせたのは同時だった。

「あ…、ああ…っ、霧生――！」

柔らかく解けた窄まりに、熱く張り詰めたものが押し当てられる。指とは比べられないほど大きくて、確かな質量を持ったそれ。ぐぷ、と先端が入り込むと、草の粘膜が悲鳴を上げて、鈍い痛みが走った。

「ふあ…っ、あ……っ」

目の前でいくつかの星が明滅して、草は気を失いかけた。遠のく意識を引き戻したのは、草を抱き締めた霧生の力強い両腕だった。

「草。力を抜いて、俺にしがみ付いて」

「……霧生…っ」

「好きだよ。草。やっと草と、本当の恋人になれた」

ぽた、と草の頬に、何かが落ちた。霧生の瞳から零れた雫が、彼の形のいい頬を伝って、一粒、また一粒と草を濡らしていく。

草は両手を頭上へと伸ばして、霧生の顔をそっと包んだ。

誰よりも優しくて誠実な、たった一人の恋人。草に赤い糸の蝶々結びは見えなくても、二人は今、一つになっている。何よりも確かなものを手に入れて、草の瞳にも涙が浮かんだ。

「霧生。俺もずっと、こうしたかった。もう絶対、離さないから」

泣き笑いで頷いた霧生に、草は約束のキスを捧げた。体を開かれた痛みはどこかへ行って、焼き切れそうな熱だけが草を突き動かす。

「――続けて…っ、霧生。恋人のしるし、いっぱい欲しい」

しがみ付いて草がねだると、霧生は緩やかに腰を打ち付けてきた。とろとろになった粘膜が擦れ、彼の熱い塊が草を貫いていく。

「んっ、あう…っ、ああっ、あ――」

指では届かない、深いところを抉《えぐ》られて、草は息が止まりそうになった。

体の内側が崩れていくような、言葉にできない快感が襲ってくる。自分で自分の体が制御できない。

「何…？　これ、何…っ？」

ぐちゅん、といっそう強くそこを突かれると、触れてもいない草の前が、勝手に屹立した。

霧生の腹部に擦られたそこが、秒間もなく沸点へと追い詰められていく。

「ああっ、また、またいく――いく」

「今度は俺も、一緒に……っ」

直截《ちょくせつ》な熱を帯びた囁きが、草を限界へと導く。律動を速めて、霧生は草の感じる場所を何度も突き上げた。

「うん、うん…っ。霧生も……っ、一緒に、いこ――」

「草……草」

「好き――大好きだよ」

恋人の腕の中で、草は泣きながら我を忘れた。波のように抽送を繰り返した霧生が、草の最奥を貫いて動きを止める。体内でひときわ大きくなったかと思うと、どくっ、どくっ、と熱を放って、彼は達した。

「……ああ……」

体の奥を満たされながら、草も霧生を追い駆けるようにして絶頂を迎える。彼の腹部に白い痕を散らして、がくん、とシーツに頽《くずお》れた。

汗を含んで乱れた髪に、霧生が指を梳き入れてくる。二人してまだ息を切らしているのに、もうキスが恋しくて、どちらからともなく顔を寄せた。

「恋人のキス、もう一回したい」

「俺は一回じゃ足りないよ」

「じゃあ、霧生がもういいよって言うまで、何回でもしよう?」

「――それを言わなかったら、永遠に草とキスができるかな」

欲張りを言う霧生に、小さく微笑んでから、草は瞳を閉じた。

唇に贈られたのは、真綿のように柔らかなキス。瞼《まぶた》が下りる瞬間に、頭上で二つの赤い蝶結びが揺れた気がしたけれど、キスに溺れていく草には、確かめようもなかった。

◆

ぶ厚い鉄板の上で、おいしそうな焦げ目をつけた麺とキャベツが躍っている。大きなコテを器用に操りながら、草はソースが自慢の焼きそばを、透明なパックにこんもりと盛った。

「焼きそば二つ、上がったよー」

「はいよー。佐原、もう三つ追加。一つはマヨネーズ大盛りで」

「了解でーす。ありがとうございまーす！」

「焼きそばと一緒に冷たい飲み物はいかがですかー？　生ビールもありますよー」

なかなか商売上手な声が、鉄板の向こう側から上がる。呼び込み係をやっている霧生だ。細身の黒いカフェエプロンがとても似合っていて、彼を目当てに立ち止まる人も多い。片や草は、タオルをハチマキ代わりに頭に巻いて、汗だくになっていた。

草が大学生になって二回目の学園祭。天気に恵まれた今日は、他大学の学生や、近隣に住む人たちもたくさん訪れている。普段たむろしている中庭の噴水前に、野外ステージが組まれていて、バンドの演奏の音がひっきりなしに聞こえていた。

「すいません、チケットなくても買えますか？」

「はい、大丈夫ですよ」

「じゃあ生ビール二つ」

「ありがとうございます。少々お待ちください」

霧生が慣れない手付きでビールサーバーを扱う姿が微笑ましい。草がバイト先の厚意で借りてきたそれは、客に大好評で、売り上げによく貢献してくれていた。

サークルの模擬店の前には、お昼時のせいもあって、客の行列ができている。朝のうちに作ったストックの焼きそばは、もうとっくに売り切っていて、草はどんどん舞い込む追加注文を必死にこなしている最中だ。

「草、そっち暑いだろ。はいこれ」

「ありがと。喉カラカラだったんだ」

霧生が紙コップに生ビールを注いで、草に手渡してくれる。

二人が親友から本当の恋人になって、一見何も変わらないけれど、以前と明らかに違うことがある。霧生が草を見詰める眼差しが、さらに優しくなったことだ。

「さっきお客さんが、草の焼きそばをおいしいって言ってたよ」

「本当？」

「お土産にしたいから、夕方また買いに来てくれるって。——俺の分あるかな？」

「大丈夫。もうすぐ出来上がるから、ちょっと待ってて」

じゃっ、じゃっ、とコテで焼きそばをかき混ぜていると、草と同じ調理係の先輩が、テントの裏から顔を出した。

「お疲れー」

「お疲れ様ーっす」

「今年はお客さんの数がすごいね。会長が言ってたけど、去年と比べて売り上げ倍増だって」

「やったな」

ぱん、と霧生とハイタッチをして、草は紙コップのビールを飲み干した。売り上げのほとんどは、学園祭が終わった後の打ち上げに使うことになっている。この分だと豪華な飲み会になりそうで、草は楽しみだった。

「佐原くん、そろそろ交代しよっか。お昼まだでしょ？　霧生くんと休憩してきて」

「はい。クーラーボックスにカット済みの野菜を入れといたんで、使ってください」

「ありがとう！　ゆっくりしてきてね」

草はコテを先輩に渡して、二人分の焼きそばのパックを持ってから、霧生と模擬店のテントを出た。

野外ステージで弾けているバンドを横目に見ながら、近くで縁日の屋台を開いていた莉菜のサークルに立ち寄って、わた飴は食後に残しておいてから、ヨーヨー釣りと射的をする。草も霧生も、射的は景品を外してばかりだったけれど、ヨーヨーを一つおまけしてもらって、木陰のある芝生の上で、昼ご飯にした。

まだ熱い焼きそばを、霧生がおいしそうに頬張《ほおば》っているから、草は嬉しくなって、つい彼に見惚れてしまう。

「草は食べないのか？　ほら、あーんして」

一口分の焼きそばを箸で摘《つ》まんで、霧生はそれを、草の口元へ添えた。恥ずかしいと感じる前に、何だか甘い空気に包まれて、草は促されるままにそれを食べた。

芝生の周りに人はたくさんいたけれど、みんな思い思いに過ごしていて、木陰で草と霧生が何をしているか、気付いた人は一人もいない。

草は少し大胆になって、もう一口、霧生にねだった。

「お客さんの言った通りだ。草の焼きそば、おいしいよ」

「うーん。まあまあ、かな」

「来年はもっとリピーターが増えたりして。楽しみだな」

「じゃあ、霧生もその時は呼び込み係をやって」

来年の学園祭。その時も草は、霧生の隣でこうして胸をどきどきさせているだろう。二人の幸せな時間は、これからもずっと続いていく。この恋に終わりがないことを、今は信じられる。

霧生のそばにいるだけで、草の胸の奥に、だんだんと温かいものが満ちてきた。小春日和《こはるびより》の下の芝生のように、草を優しいまどろみへ誘《いざな》う。

「霧生」

「ん？」

「――大好き」

唇が自然に刻んだ言葉は、小枝を揺らした風に乗って、青い空へと上っていく。霧生は微笑みで顔をくしゃっとさせて、草を見詰め返した。

「俺も。大好きだよ。草」

キスの代わりに、霧生の左手が、草の左手の上に置かれた。赤い糸で結ばれた恋人を、けっして離さないように、二人はその手をぎゅっと繋ぎ合った。

END

桜の頃に生まれた君へ

心臓の発作を恐れる神経質な一日が終わり、ベッドの中で瞼《まぶた》を閉じる時、いつも考えるのは彼のことだ。

短いかもしれない自分の一生で、親友と呼ぶ相手と出会ったことは、幸運だと思う。たくさんいる友達の中で、何故《なぜ》、『佐原草《さはらそう》』という彼だけが、赤い糸で結ばれた特別な存在なのか。

不思議なその糸があってもなくても、きっと自分は、彼に惹《ひ》かれて、親友になりたいと思ったはずだ。

草が笑っているのを見ていると、彼の持つ健やかさや、元気さの一部が、自分の中に薬のように浸透してくる。今日もまた、彼の笑顔を見られてよかったと思う。ただそれを叶《かな》えるためだけに、死にたくないと思う。

草と自分の左手の小指には、赤い糸がある。二人を繋《つな》ぐ蝶々結びが、消えてしまわないことを祈りながら、確証のない明日に望みをかけて眠りにつく——。

「なあ、霧生《きりゅう》って、誕生日いつ？」

「十月七日。草は？」

「俺は四月三日。学校が春休みだから、友達におめでとう、って言ってもらったことないんだよね」

ある日の下校途中のことだった。誕生日の話をした草は、いつもくるくる表情を変えるリスみたいな瞳を、少し寂しそうに伏せた。

入学式に出会ったばかりで、草のことが何でも知りたくて、学校で交わす会話の一つ一つを記憶に刻んでいた、高校一年の春。もうとっくに花が散り終わった校庭の桜の木の下で、彼の左手の小指と結ばれた自分の赤い糸が、初夏の匂いのする風に揺れている。

草は毎年、春になるたび、こんな寂しそうな瞳をしていたんだろうか。出会う前に過ぎていた誕生日のタイムラグが、何だかとても惜しく思えた。

「草。それなら、来年の誕生日は――」

ざあっ、と強く吹いた風が、自分の声を空の彼方《かなた》へと連れ去って、草の耳に届かなくした。

このまま何も言わない方がいいと思い直して、もどかしい唇を噤《つぐ》む。

「霧生？　今何か言った？」

「……いいや、何も」

咄嗟《とっさ》にそうごまかした自分は、ひどく臆病で、嘘つきだった。

（来年の誕生日は、俺が、おめでとうって言ってあげるよ）

――草に告げたかった言葉。風が攫《さら》っていった『来年』という単語を、もう一度声にする勇気はない。

来年、高校二年の四月三日に、自分は草の隣にいられるだろうか。今この瞬間も、鼓動するたび針を刺すような痛みが走る心臓は、草が生まれたその日まで、壊れずにいてくれるだろうか。

先の時間の保証のない自分に、いったい何の約束ができるだろう。不確かな未来よりも、草と触れ合える距離にいる今を大事にしたかった。

「風が強くなってきた。早く帰ろう、草。母さんが家でケーキを焼いて待ってる」

「本当っ？　やった！　俺、おばさんの作ったおやつ大好きなんだー」

えへへ、と笑った草は、世界中で一番かわいい。まるで矢に射貫《いぬ》かれたように、焼け付くように痛んだのは、心臓ではなく、小指の先だった。

(草。俺と草は、運命の赤い糸で結ばれているんだよ)

言わずに飲み込んだ言葉が、また一つ増える。そのたびに草への想いは強くなって、いつか、親友の領域を超えてしまうだろうと、自分は気付いていた。

◆　◆

「リクルートスーツ？」

大学に入って二年目の春休み。就職活動が始まるまで、まだ余裕のある自分に、三年生に上がった草は溜息《ためいき》をついて言った。

「うん。俺はもうちょっと後でもいいって思ってたんだけど、企業セミナーとか、講演会とか、うちの学部はスーツ着用なんだって。莉菜《りな》や他の友達に聞いたら、みんなもう用意してるらしいんだ」

草の口から女の子の名前が出ると、胸のどこかがきゅっと痛くなる。心臓の手術をする前、毎日のように感じていた鋭い痛みとは全然違う、甘くて酸っぱい痛みだ。

「そうか、草たちはもう就活が始まるんだもんな。春休みが終わったら大変だ」

「そうそう。この間大学受験が終わったと思ったのに、今度は就活だよ。信じられない」

はあ、ともう一度溜息をついて、草は丸い頬《ほお》をテーブルにつけて突っ伏した。高校の時と少しも変わらない、幼い顔立ちの彼が、画一的なリクルートスーツを着てセミナーに参加するなんて。その姿をあまり想像できなくて、つい笑ってしまった。

「何だよー。笑うなよー。霧生だって三年になるのはすぐなんだからな」

拗《す》ねて頬を膨らませた草が、綺麗《きれい》な爪をした指をこっちへと伸ばしてきて、セーターの袖《そで》をぐいぐい引っ張る。

毛糸の編地に埋もれている、草の左手の小指。そこから自分の小指へと伸びている赤い糸には、出会う前からあった蝶々結びと、草がおまじないにくれた蝶々結びがある。草の蝶々の羽は片方だけが大きくて、バランスが悪いけれど、絶妙な愛嬌《あいきょう》があってとても好きだ。

（でも、草がこれを見たら、速攻で結び直しそうだな）

他人の赤い糸が見える上に、触ったり切ったりもできる草。そこまでできて、どうして彼自身の糸だけは見えないのだろう。

（きっと、草の力の一部が、糸を伝って俺の方に移ったんだ）

ずっと昔に、初めて赤い糸が見えた時のことは、今でも鮮明に覚えている。まだ幼稚園生の頃だった。重い発作を起こして生死の境を彷徨《さまよ》った後、病院で意識を取り戻した自分の目に、それが飛び込んできた。

細くて頼りない糸は、病室の窓の向こうへと伸びて、空と同化するように途切れていた。でも、見えるのは自分の糸だけで、両親の指にも、主治医の先生の指にも、糸はなかった。

『明央《あけお》のその糸は、特別な人と繋がっているのよ』

『とくべつ？』

『明央のことを一番に大切に思ってくれる人。大きくなって、元気になったら、きっと出会えるわ』

入院に付き添っていた母親は、糸のことを打ち明けた自分に、子供にも分かる言葉で、そう教えてくれた。

特別な誰かと繋がっていると思うことで、いつか病室を出て、その誰かを探したいと願うようになった。まだ見ぬ草に思いを馳《は》せていたから、生きてこられた。そうでなければ、きっと自分は、簡単に命を見失っていただろう。

「霧生……？　ずっと俺のこと見てるけど、何か顔についてる？」

草の上目遣いの瞳が、短い追憶に耽《ふけ》っていた自分を、呼び戻してくれた。心配そうにしている彼の顔を見ていたら、ちょっとだけからかいたくなった。

「ついてる。俺にキスしてくれるかわいい唇が」

「バッ、馬鹿！　何言ってんだよっ」

ぷいっ、と逸らした顔が赤い。草が時々見せる、無防備で子供っぽい仕草は、自分だけの宝物だ。心が狭いと言われたとしても、絶対に他人には見せたくないし、見られたくない。

「真面目《まじめ》に就活のこと話してたのに。のんびりしてると霧生も苦労するよ？」

「俺は建築士になるって目標があるから、就活もシンプルだと思うな。後は在学中に資格が取れるようにがんばるだけだ」

「いいなあ、ピンポイントで狙《ねら》える優等生は。俺はまだ希望の職種もはっきりしてない」

「草は結構、何でも器用にできる方じゃないか。周りに好かれる性格だし、どんな職種でも合うと思う」

「そうかなあ」

呟《つぶや》くように言って、草はテーブルに両手で頬杖《ほおづえ》をついた。

「俺、机の前で頭を働かせる仕事より、人と直接関わる仕事がしたいな」

「それって、サービス業？」

「うーん、まだぼんやりとしか考えてないけど。今のバイト先みたいな仕事って、いろんな人に会えておもしろいんだよね。これからいろいろ下調べして、自分に合いそうな職種を探してみる」

おぼろげだけれど、草はちゃんと自分の目標を持って、それに向かって進もうとしている。いつだったか、就きたい職業がないと言って悩んでいた時より、彼が頼もしくなった気がして誇らしかった。

「とりあえず一着は買っておこうかな、スーツ。霧生も一緒に見に行こうよ」

「それじゃあ、来週の金曜日にしないか」

携帯電話のボタンをいくつか押して、カレンダーを表示させる。四月三日。だいぶ前からその日付には『最重要』のアイコンを貼り付けていて、予定は一切入れていない。

「草はこの日は、バイト休み？」

「うん。あれ？　来週の金曜日って――、あっ」

携帯電話を覗《のぞ》き込んだ草が、やっとその日付の意味に気付いて声を上げる。

「……そっかあ。俺、二十一になるんだよなあ。誕生日のことすっかり忘れてた」

「草。俺の一年で一番大事な日を忘れるな」

「霧生ってば……、そういうこと言われたら、恥ずかしいだろっ」

困らせるつもりはなかったのに、ストレートに気持ちを伝えたら、草は首の後ろまで真っ赤になった。

「霧生の馬鹿。ばーか」

「かわいいな、草は」

「もう…。恥ずかしいことばっかり言う口はこうだ」

えい、と勢いをつけながら、草が唇に唇を押し当ててくる。一秒だけ触れたキスはすぐに解けて、唇に彼の体温が残った。

夢みたいなキスをくれるくせに、人一倍照れ屋で、恥ずかしがりの草。赤い顔をずっと見詰めていたくて、うろうろと惑う彼の視線を追い駆けていると、消え入りそうな小さな囁《ささや》きが聞こえてきた。

「あ、あのさ、霧生。俺も、霧生の誕生日が、一年で一番大事だよ」

「草——」

今度は自分の頬が、真っ赤に染まる番だった。体じゅうが熱くなって、心臓がどくんどくんと暴れ出す。

鼓動とともに湧き上がってくるのは、草にもっと触れたいという、自分ではどうすることもできない衝動だった。草の手を取り、ぐっと引き寄せてキスをすると、彼は電気を帯びたように一瞬震えた。ぱちぱちと瞬《まばた》きを繰り返しながら、それでも逃げずにじっとしている草に、キスをもう一度する。どくん、と今大きく鳴り響いた鼓動は、もうどちらのものか分からない。

「きりゅう、だいすき」

舌足らずに言う草が、たまらなくいとおしい。そのたった一言で、足の先から髪の先まで満たされる。何度も好きだと言ってほしくて、彼を抱き締める両腕に力が入った。

「ん…っ、苦しいよ」

「ごめん。草があんまりかわいいから」

「駄目だってば。そういうの無しっ。霧生の視力、どんどん悪くなってるんじゃない？」

照れながら言い返してくる草に、三度目のキスをしたら、お返しのように唇を吸われた。ちゅ、と音を立てた後、唇で唇を甘《あま》噛《が》みされる。毎日少しずつ、キスが大人になっていくような気がする。

互いの唇に夢中になっているうちに、時間はいつの間にか過ぎていった。バイトに出かける時刻が迫ってきて、草の方から名残《なごり》惜しそうにキスを解く。

「もう行かなきゃ。……来週の金曜日、約束な。楽しみにしてる」

「ああ。その日は草のスーツを見に行ってから、お祝いしよう」

「うん。俺、昔は自分の誕生日って損だと思って嫌いだったんだ。でも、霧生がいるから、今は好き」

えへへ、と笑った草の顔は、高校生の頃と同じ無邪気な顔だった。

またキスがしたくなるのを我慢して、彼をバイトへ送り出す。もう一年以上も勤めている、ビリヤード場を兼ねたバー。その店で、賄《まかな》いの特製カレーで祝ってもらった自分の誕生日を、昨日のことのように思い出した。

（二十歳の誕生日のことは、これから先も忘れない）

草と離れている間も、ずっと抱《いだ》き続けていた初恋が、実った日。あの日、高校の同級生たちがプレゼントをしてくれた日記帳には、草と過ごしたことばかり書いてある。

日記帳のページが進むたびに思う。草に始まって草に終わる毎日が、永遠に続くと今は信じられる。

「草へのプレゼント、何にしようかな——」

ううん、と独り言を呟きながら、ソファに体を預けて両目を閉じた。あれもこれも、頭の中にたくさんプレゼントが浮かんできて、一つに絞り切れない。でも、それはとても幸せな悩みに違いなかった。

草の誕生日を明日に控えた木曜日。月に一度の検診に訪れていた病院で、主治医の先生は心臓の検査結果とカルテを見比べながら、微笑《ほほえ》んだ。

「――霧生くん。今回の検査も、異常な項目は見受けられませんでした」

無意識に力が入っていた肩から、緊張が解けていく。見慣れた白衣の胸ポケットからボールペンを引き抜いて、先生はさらさらとカルテに何か書き込んだ。

「君の経過はとても良好です。次の検査は、三ヶ月後でいいですよ」

「えっ」

「今後は少しずつ検査の回数を減らしていきましょう。このまま順調に進めば、来院の必要もなくなります。何か不安なことはありますか？」

「い、いいえ。――嬉《うれ》しいです。ありがとうございましたっ」

姿勢を正して礼をすると、先生はもとから細い目をさらに細くして、うんうん、と頷《うなず》いてくれた。

病院を出てすぐ、結果を報告するために母親に電話をかける。子供の頃から心配をかけてばかりだった両親に、自分ができることは、心臓を治して元気になることだけだった。

『はい、霧生です』

「母さん？　今病院を出たところ。検査に異常はなかったから、安心して」

電話口で、母親がほっと息をついたのが分かる。病気が完治した今も、検査のたびに心配をかけている悪い息子だ。でも、今日はいい報告をすることができた。

「次は三ヶ月後だって。――よかった。先生にもう検査はいらないって言われるのも、遠くない気がするよ」

『明央がそう思うなら、きっとその通りになるわね。今日はこっちの家に泊まるの？』

「いや。明日草に会う約束をしてるから、アパートに帰る」

両親が暮らす家には、建築模型を作るアトリエ代わりに、週に一、二度帰っている。高校を退学した後、地元だった静岡から引っ越して、治療の拠点を東京に置いた。大学の近くにアパートを借りたのは、一人暮らしをしてみたかった自分の我儘《わがまま》だった。

『相変わらず仲良しね。あなたたちは』

「……うん。前と全然変わらないって、同窓会でもみんなに言われた」

夏に同窓会で静岡に帰った時、以前住んでいた家は、ビルに建て替わっていた。見慣れないその光景を、寂しく思った訳じゃない。草が何度も遊びに来てくれた、赤い屋根のあの家がなくなって、何十年も時間が経《た》ったような不思議な気持ちがした。

『お母さんも久しぶりに草くんに会いたいわ。またケーキを焼いてあげるから、今度遊びに連れていらっしゃいな』

母親の中では、まだ草は高校生のまま、時間が止まっているのかもしれない。彼が遊びに来るたび、手作りのおやつでもてなしていたから。

料理やお菓子作りが趣味の母親のレパートリーで、草が一番好きだったのは、オレンジをたくさん使ったパウンドケーキだ。草がそれをおいしそうに頬張る姿を思い浮かべていたら、はっと、いいことが閃《ひらめ》いた。

「母さん、母さんにちょっと頼みたいことがあるんだけど……」

周りには誰もいないのに、携帯電話に手をかざして、小さく声をひそめる。明日誕生日を迎える草に、サプライズを贈るために、母親にいくつか相談事をして通話を切った。

草が喜ぶことを考えるのは、とても楽しい。彼は今日は一日中バイトだから、会うことはできないのに、病院でお墨付きをもらったばかりの心臓が、明日を待てなくてわくわくと弾んでいる。

「小学生の遠足の前って、こんな感じなのかな」

弾んだまま収まらない胸に、心の中で苦笑しながら、家庭教師先に向かう地下鉄に乗った。

いつもサークル活動とバイトで忙しい草に感化されて、大学が紹介してくれた家庭教師に登録してから、もう半年ほど経つ。受け持っている生徒は高校二年と三年の二人。特に三年の女の子は、レベルの高い大学に進学することを目指していて、教える側も準備が大変だ。

（草を見習って、俺も真面目に先生をやらなきゃ）

帰宅ラッシュ前の、乗客のまばらなシートに座って、数Ⅲの問題が並んだプリントに目を通す。生徒の希望で、学校の教科書よりも数倍速いペースで教えているから、自作のプリントも相応に難度が高い。

数学の苦手な草にこのプリントを見せたら、きっとしかめっ面《つら》をしてブーイングするだろう。答えが一つしかない数学を、パズルと同じだよ、と草に解き方を教えるのが、昔から好きだった。いくつか候補があったバイト先の中で、家庭教師を選んだのは、その影響もある。

草に出会ってから、自分は随分変わった。高校を退学して治療に専念したのも、今の大学に進学したのも、きっかけは全部、彼だ。病室の無機質な窓から、健康な人々の世界を羨《うらや》ましく見詰めるだけだった日々に、草が決別させてくれた。

大学に通い、友達とレポートやサークルをこなして、週に何度か家庭教師をする。ごくありふれた学生生活が、病気を克服した自分には新鮮な驚きで満ちた、奇跡のような毎日の繰り返しだと、草にも知ってほしい。この毎日は草がくれたものなのだから。

「霧生先生、こんにちは」

「こんにちは。前回の宿題プリント、分からないところはあった?」

「えっと、一問どうしても解けないのがあって――」

「じゃあ今日は、その問題から復習しようか」

地下鉄を降りて、駅からすぐの生徒の家で二時間、教えることに集中する。最初は恥ずかしかった『先生』という呼び名も、やっと慣れた。時々草がふざけてそう呼んだりする。

『きりゅーせんせー、俺にどうか単位を取らせてください。お願いしますっ』

試験のたびに、涙目になって頼ってくる彼を思い出していると、ついかわいくて笑えてしまう。ぷっ、と噴き出したところを、生徒に見られてしまった。

「先生どうしたの？　思い出し笑い？」

「あ…、ううん。何でもないよ」

「分かった、彼女のこと考えてたんでしょー。先生きっとモテるよね？　めちゃくちゃ頭いいし、かっこいいもん」

高校三年の女の子は、大学生の男の恋愛ごとに好奇心が抑えられないらしい。放っておくとあれこれ聞き出されそうで、先手を打つことにした。

「俺はモテないし、彼女もいません」

「嘘ー、つまんなーい」

「はい、おしゃべりはおしまい。復習の後は応用問題のプリントが待ってるよ」

不服そうに唇を尖《とが》らせながら、生徒はプリントにシャーペンを走らせる。躓《つまず》くたびにヒントを与えて、全問正解に導いてから、今日の家庭教師の時間を終えた。

お茶を飲ませてもらった後で、生徒の家を出ると、住宅街はもう夕焼けの時刻だった。パスケースを出すために鞄《かばん》の中を見ると、携帯電話にメールが何通か届いている。草からだと期待したのに、建築学科の一斉《いっせい》配信のお知らせと、サークルの友達からのメールだった。

同学年の友達は、実際にはみんな自分より一つ年下だ。いちいち年上扱いされるのも困るし、年齢差を気にしない人ばかりで助かっている。敬語無用の友達のメールは、別のサークルの子と合コンをしよう、という誘いだった。

適当な理由をつけて断りの返信をしてから、また地下鉄に揺られて帰宅する。昔から草のことしか頭にない自分には、合コンの誘いは億劫《おっくう》で仕方ない。

草と恋人どうしだということを、周りには秘密にして過ごしている。人目には親友のままでいなければならないもどかしさは、いつも胸の奥に燻《くすぶ》っていて、いっそ公表してしまいたいと思うこともある。

同性の草との恋を、後悔したことは一度もない。自分は他人にどんな目で見られても構わない。

でも、公表することで草が傷付けられたり、偏見を持たれたりするのは嫌だ。草にはいつでも笑っていてほしいから、このまま周囲に嘘をつき続ける覚悟はできている。

草の他に、何もいらない。——呆《あき》れるくらい草が好きだ。心の中を占めている想いを、全部取り出して見せたら、夕焼け空の広大ささえ凌駕《りょうが》してしまうだろう。

地下鉄の駅から、地上へ出る階段を上りながら、見えてきた真っ赤な空に、少し挑戦的な眼差《まなざ》しを向けた。階段を使っても息切れをしなくなっていることに、後から気付いた。

「草ならきっと、こんな小さなことでも一緒に喜んでくれる」

じん、と小指の先が温かくなって、草が結んでくれた赤い蝶々が、賛同するように羽を広げている。

立ち止まった自分のすぐそばを、会社帰りのビジネスマンや学生たちが、無視するように通り過ぎていくけれど、草の心はいつでも自分の心と繋がっている。蝶々結びの赤い糸ごと、彼を今すぐ抱き締めたくなって、ふわふわと定まらない足取りでアパートに帰った。

パソコンを起動させて、草のスーツを見に行くショップを検索したり、春休み中の課題のレポートを書いたりしているうちに、時間が過ぎていく。こんなに落ち着かない夜は初めてかもしれない。

時計のデジタルが夜中の零時に近付くごとに、鼓動がどんどん速まる。携帯電話を手にして、日付が変わる瞬間に短いメールを草に送った。

『誕生日おめでとう。二十一歳になった草に、たくさんいいことがありますように』

バイト中の彼がメールに気付くのは、しばらく後だろう。それでもいい。朝まで待てない、せっかちな想いを伝えたくてたまらなかった。

無反応な電話をテーブルに置いて、レポートの続きをしようとパソコンのキーボードを叩《たた》く。かちかち、と自分で奏でる不規則な音に混じって、玄関のドアを叩く音がした。

こんな遅い時間に、誰だろう。ドンドン、と急かすようなノックに引き寄せられて、覗き穴をチェックせずにドアを開けた。

「はい、どちら様……」

「霧生！」

「えっ？」

ばさっ、と目の前でパーカーのフードが舞って、柔らかい体がぶつかってくる。そのまま強く抱き締められて、たたらを踏んだ。

「わ…っ！」

「メール見たー。ありがとう、霧生」

「——草……？」

近過ぎて茶色の塊にしか見えない髪が、こくこく、と縦に揺れる。ずれた眼鏡を直すと、ようやく草の顔が分かった。

「びっくりした。バイト早く終わったのか？」

「うん。店を出て霧生に連絡しようとしたら、ちょうどメールが来たんだ。すごい嬉しい」

自分の頬にくっついている草の耳は、赤くなって火照《ほて》っている。メールを読んでから、すぐに走ってここまで来てくれたらしい。息を乱している彼を抱き締め返して、同じアパートの住人たちに見られないように、ドアを閉め切った。

「嬉しいのは俺の方だよ。朝まで草に会えないと思ってたから」

耳孔《じこう》を塞《ふさ》ぐように囁くと、草はくすぐったそうに首を竦《すく》める。夜はまだ肌寒いはずの玄関が、抱き締め合っていると夏が来たように暖かかった。

「泊まっていくだろ？　草を帰したくない」

「うん。俺も帰りたくない。着替えを取りに戻るのは朝でもいいや。このまま霧生とくっついていたい」

ぎゅう、と服の背中を握り締めて、草は頬を摺《す》り寄せてきた。

「――霧生」

唇を掠《かす》めた彼の吐息に眩暈《めまい》がする。二十一歳になって初めてのキスを、草は熱い数秒で奪っていった。

「一番欲しかったもの、もらっちゃった」

「草。自分の誕生日に、俺を喜ばせてどうするの」

「だって本当のことなんだ。一回じゃ足りないよ、霧生」

ほんのりと赤く染まった唇で、草はキスをねだる。いとおしい想いでいっぱいになった自分の胸に、彼の鼓動が重なって、一緒になって溶けていく。

まるで自分たちをひやかすように、赤い糸の蝶々結びが二つ、頭上で揺れた。キスの数が二十一回を超えても、いつまでも触れていたくて、気が付けば数えることをやめてしまっていた。

普段より遅く起きた誕生日の朝。ベッドの隣でまどろんでいる草は、癖っ毛の髪をいっそうくしゃくしゃにして、毛布の中に潜り込んでいる。

「……んん…、きりゅ、おはよ」

「おはよう」

もぞもぞ、と手を動かして、草が眠たそうに目を擦《こす》った。寝ている間にぴったりと寄り添っていた体は、二人とも裸。昨夜のキスの後、床に脱ぎ捨ててしまった服や下着を見るのは、気恥ずかしかった。

「霧生、何で顔赤いの――？」

まだ寝惚《ねぼ》けている草が、素肌の胸を露《あら》わにして抱き付いてくる。目のやり場に困って、思わず視線を部屋の天井へと外した。

「心臓がすごくどきどきしてるよ？」

「ん…。気にしなくていいから」

「――俺の大好きな音。あと五分だけ、こうさせて」

「いいよ。今日は草の言うこと何でも聞く」

「やった。誕生日っていいなあ」

ふにゃ、と幸せそうに微笑んで、草は胸元に顔を埋《うず》めた。手術の痕《あと》の上を、彼の唇がくすぐる。

「五分経ったら、朝ご飯にしような。草の好きなフレンチトーストを作るよ」

寝癖のついた髪にキスをして、また夢の中へ戻っていった草を追い駆けるように、自分も瞼を閉じた。ゆっくりと時間が流れる朝に、草の二度寝を五分で終わらせるのは、何だかもったいなかった。


買い物によく利用する新宿の街は、いつ来ても人で混雑している。普段はジーンズやTシャツを目当てに立ち寄るショップを素通りして、今日は紳士服の品揃《しなぞろ》えのいいデパートに草と向かった。

「んんん、こっちがいいかな、いやいや、こっちかな。霧生はどっちがいいと思う？」

濃紺のスーツの上着を二着、草は両手に持って、鏡の前で困っている。リクルートスーツはどのブランドもたいていいデザインが似ていて、彼が迷う気持ちも分かる。

「スリーボタンの方がすっきりして、背が高く見えると思うけどな」

「じゃあ、こっち？」

左手に持っていた上着を胸の前にあてがって、草はくるっと振り向いた。その仕草が、とても就活が始まる学生には見えなくて、笑いを噛み殺すのが難しい。

「霧生っ、また笑ったな。俺は真剣に聞いてるのにっ」

「ごめんごめん。服は好みだから、自分が気に入る方を選んだらいいよ」

「背が高く見えるのは嬉しいけど……、こっちのデザインの方が好きなんだよなー」

今度は右手に持っていた上着を鏡にかざして、ううん、と首を捻《ひね》っている。少し幼く見える顔立ちといい、初々《ういうい》しい雰囲気を持っている草に、リクルートスーツは想像以上に似合っていた。自分がもし人事担当者だったら、将来性を買って即内定をあげたいところだ。

「草、どうしても決め切れないなら、俺がどっちもプレゼントするよ」

「えっ⁉」

瞳を丸くした草は、両手の上着を取り落としそうなくらい驚いた。

「何言ってんだよ、霧生…っ」

「バイト代ずっと貯《た》めてたんだ。俺の誕生日の時も、草が全部出してくれただろ？　そのお返しに」

「だめだめだめっ。霧生のお金は自分のために使わなくちゃ」

「遠慮しなくていいのに――」

草を喜ばせたくて、プレゼントをするつもりで、財布を目一杯膨らませてきたのに。肩透かしを食らってしまったようで、少し寂しい。でも、草は唇をきゅっと結んで、首を左右に振った。

「遠慮じゃないよ。霧生のバイトと、俺のバイトは全然違うから。……霧生が家庭教師をできるようになったのは、心臓を治したからだよ。すごくがんばった証拠なんだから、バイト代もすごく大事だ。自分以外のことに使っちゃ駄目だよ」

は、と胸を衝《つ》かれた思いがした。バイトの意味をそんな風に思ったことは、一度もなかった。自分が気付けなかった大事なことを、草は教えてくれる。真剣な顔をした彼が、急に大人びて見えて、何も言い返すことができなかった。

「霧生。生意気なこと言ってごめんな。気持ちだけ、ありがと」

「——草、分かった。スーツのプレゼントは諦《あきら》めるよ。どっちにするか決まった？」

「うーん、じゃあ、こっちにする」

草はオーソドックスな細身のスーツを選んで、店員を呼んだ。

スラックスの裾《すそ》を測って、縫い上げてもらっている間に、二人でワイシャツや小物を見て回る。草には窘《たしな》められたけれど、どうしてもプレゼントをしたかった自分は、ネクタイの売り場で足を止めた。

「スーツが決まったら、今度はこれだろ。草のセンスが試されるよ」

「プレッシャーかけんなって。……あっ、これ高校の時の制服のネクタイに似てる」

「本当だ。懐かしいな」

退学した高校の制服は、今も家のクローゼットに眠っている。草や、同級生たちとの思い出が染《し》み込んだネクタイも。郷愁に似た温かいものに包まれていると、草も少し遠い目をして呟いた。

「あの頃の制服、大事に取ってあるよ。捨てる気にならなくてさ」

「俺も。――卒業式まで着られなかったから、心残りがあるのかもしれない」

「……うん。二組のみんなと、式の時に『霧生がいたらいいのに』って言ってたんだ。同窓会でまた霧生と会えて、みんなすごく嬉しかったと思うよ。二組は本当にいい奴ばっかりだ。またみんなで集まれたらいいな」

草の言葉に、自分も大きく頷いた。同級生に恵まれた高校時代は、楽しかった思い出しかない。それでも、今草と過ごしている充実した毎日には敵《かな》わない。

草の誕生日に、二人でデートができるなんて、あの頃の自分には想像することもできなかった。四月三日――まるで草を祝うように、東京の街にも春の花が溢《あふ》れる。高校の校庭に咲いていた桜を思い出しながら、売り場に並んだネクタイの花を見渡した。

「草、さっきのスーツに、この若草色のネクタイはどうかな」

丁寧にたたんで陳列されていたものから、目を引いたネクタイを指差す。すると、草も気に入ってくれたのか、瞳を輝かせた。

「俺の好きな色だ。霧生はやっぱりセンスいいなあ……。こっちのブルーのストライプのやつはどう？」

「清潔感があってそっちもいいな」

「どうしよう。また迷っちゃうよ」

「二つともプレゼントするよ。ネクタイならいいだろう？　就活の激励ってことで」

「霧生、でも……」

「草。少しは俺に恋人らしいことをさせて」

草にだけ聞こえる声で囁くと、彼は困ったようにはにかんでから、こくん、と頷いた。

「ありがとう。大事に使うよ」

「ああ。これを着けて就活がんばれ。応援してるから」

「うん。——やばい。顔が熱くなってきた。ちょっと冷やしてくるっ」

草は兎《うさぎ》のように踵《きびす》を返すと、売り場のずっと向こうにある化粧室へと逃げていった。

照れ屋のいとおしい背中を見送ってから、店員を呼んでネクタイをプレゼント用に包装してもらう。会計を済ませ、リボンの色を選んでいると、水で前髪の先を濡《ぬ》らした草が帰ってきた。

「おかえり、草。金と銀と赤、どれが好き？」

「えっ？　んー、銀かな」

「すみません、リボンは銀色にしてください」

「かしこまりました」

店員がネクタイの包装をしていることを知って、せっかく冷やしてきた草の顔が、みるみる赤くなった。

自分の後ろに隠れて、ジャケットの背中を握り締めている彼がかわいい。リボンで飾ったネクタイの箱を受け取って、草がこれ以上真っ赤にならないように、売り場を離れてから手渡した。


スーツを一着と、ネクタイを二本、洗い替えのワイシャツを二枚に、そして革靴を一足。上から下まで揃えたショッピングバッグを抱えて、新宿駅から地下鉄に乗った。

たくさんの荷物も、二人で半分ずつ持てば少しも重たくない。ガタゴト揺れる車両の隣で、草と触れ合う腕の感触が、心地よかった。

「お腹《なか》へったな。昼ご飯、どこで食べる？」

「予約をしてあるから、もうちょっと我慢して」

「何か、かっこいいじゃん。どんなお店だろう。楽しみだな」

数駅乗ったところで降りて、草にはあまり馴染《なじ》みのない街を歩く。人通りの少ない、閑静な住宅街をきょろきょろと見回してから、彼は小首を傾《かし》げた。

「霧生、どこに行くの？　隠れた名店ってやつ？」

「あはは。それは違うかな。——でも、きっと草は喜んでくれると思うんだ」

「ふうん？」

きょとん、としている彼を連れて、路地の先へと進んだ。すると、玄関ポーチに花壇を設《しつら》えた、一軒の家が見えてくる。

「ここだよ、草」

「え…、ここって——」

表札に『霧生』とあるのを見付けて、草は荷物を落としそうなくらいびっくりした。

「もしかして、霧生んち？」

「そう。東京に引っ越してからの家は、まだ来たことがなかっただろ」

「うんうんっ。実は気になってたんだ。静岡の家は、夏に帰った時にビルになっちゃってたから」

「引っ越してすぐに、あそこは父さんが売り地にしたんだ。赤い屋根はもうないけど、どうぞ入って。母さんがご飯を作って待ってる」

「おばさんの手料理っ？　すっごい久しぶりだなあ。お邪魔しまーす！」

　喜び勇んでポーチを駆けていく草を、置いていかれないように追い駆ける。玄関のドアを開けると、ふわりといい匂いが鼻を掠めた。キッチンの方から、エプロン姿の母親が迎えに出てくる。

「ただいま」

「お帰りなさい、明央。草くんこんにちは。大学でも明央がお世話になっています」

「こんにちは。ごぶさたしています」

「本当に明央の言ってた通り、草くんはちっとも変わらないわね。お誕生日おめでとう。おばさん張り切っちゃったから、たくさん食べて行ってね」

「はいっ。ありがとうございますっ」

　礼儀正しくて、病院に入院するたびお見舞いに来てくれた優しい草のことが、母親も父親も大好きだ。ダイニングテーブルには気合の入った料理がたくさん並んでいて、街のレストランよりも華やかだった。

「草、飲み物は何がいい？　ビールにする？」

「あら。草くんお酒を飲めるようになったの？」

「はい。ちょこっとだけ」

「明央、お父さんのワイン開けちゃいなさい。スパークリングのいいのが、書斎のセラーにあるわ」

「お昼からワインを飲んでもいいのかな。おじさんに怒られない？」

「平気だよ。今日は草のお祝いだから」

草に家の中を案内しながら、二階にある書斎までワインを取りにいく。商社の役員を務めている父親は、趣味のボトルを家庭用セラーにたくさん眠らせていた。

「前の家もそうだったけど、おじさんの書斎は本でいっぱいだ。霧生の部屋はここかな？」

「そうだよ。ちらかってるけどごめん」

書斎の向かいのドアを開けて、自分の部屋に草を招く。作業台として使っている中央のテーブルには、作成途中の住宅の模型を置いている。建築学科のカリキュラムには関係ない、草以外には見せるつもりのない模型だ。

「ミニチュアのセットみたいだ。庭までちゃんと作ってある」

「それ、屋根を取り外して中を見ることもできるよ」

「本当？　——おおーっ、部屋ごとに細かく分かれてる！　二階にリビングがあって、庭を見渡せるのか。気持ちよさそう。デザインも霧生が自分で考えたんだろ？」

「ああ。何度もやり直したけど、設計のいい勉強になった」

「霧生はすごいな。形のあるものを自分で作れて。俺、建築のことは全然分からないけど、この模型は立派な作品だと思う」

自分が作ったものを、草は手放しで褒めてくれる。すると、模型に顔を近付けて熱心に見ていた彼は、ふとこっちを向いた。

「そう言えば、霧生はビルやホールの設計がしたいって言ってなかった？　どうしてこの模型を作ったの？」

「それは……、こういう家に草と住んでみたいな、と思ったから」

「お、俺と？　一緒に？」

草が自分で自分を指差している。こく、と頷きを返したら、彼はそのまま口をぱくぱくさせた。

今日の朝のように、ベッドの隣で草と一緒に目覚める毎日が送れたら、どんなにいいだろう。互いのアパートを行き来するのも楽しいけれど、もっと草を間近に感じて、独占したい。

「――嫌かな？」

「ううんっ。嬉しい。霧生と二人暮らし、俺もしたい」

草も同じ思いを抱いてくれたことが、体じゅうが震えるくらい嬉しかった。こんなに草のことが好きで、いとおしくて、彼にも自分を独占されたい。

「草、俺はいつか、自分で設計した本物の家を建てたいと思ってる。その家で、俺と一緒に暮らそう」

「うん。霧生が建てた家に、俺たち二人の名前の表札をつけていい？」

「もちろん」

見上げてきた草の澄んだ瞳に、吸い込まれるように口付ける。震える睫毛《まつげ》にもキスをして、彼の左手の小指を手繰《たぐ》り寄せた。

「……大好きだよ。草」

「俺も霧生のことが好き――。誕生日に、こんな約束をもらえるなんて思わなかった」

最高だよ、と囁きながら、草が唇にキスをくれる。将来の約束を交わすそのキスは、神聖な儀式のように厳かで、それでいて蕩《とろ》けるように甘かった。

「明央ー、二人ともそろそろ下りてきなさーい。料理を取り分けるわよー」

「は、はあい！」

階下で母親が呼ぶ声に、二人で慌てて返事をして、部屋を出た。階段の途中まで繋いでいた手と手を、一度、ぎゅっ、と強く握り締めてから解《ほど》く。

ダイニングテーブルに着席して、書斎から持って来たスパークリングワインの栓を開けた。慣れない手付きでコルク栓と格闘する自分を、草はひやかし半分に笑いながら見詰めている。

「改めて、誕生日おめでとう、草」

「ありがとう、霧生。おばさん、いただきます」

「どうぞ召し上がれ」

ワインを注いだ背の高いグラスと、冷たいお茶のグラスを、かちん、と触れ合わせる。母親のグラスにも同じことをして、草は細かい泡が弾《はじ》けるワインを一口飲んだ。

時刻はとっくにお昼を過ぎていて、草も自分も空腹だった。乾杯をした後は二人とも食べることに夢中になる。

サフランの黄色が鮮やかなブイヤベースに、熱々のチーズのキッシュ、緑の鮮やかなサラダと、そしてバーベキューソースを塗って焼いたスペアリブ。草が幸せそうな顔をして食べるから、普段の何倍もおいしく感じる。

母親の料理を彼が喜んでくれて、本当によかった。にこにこ笑っている母親も、草がおかわりをするたびに嬉しそうだ。

「草、グラスが空いてる。ワインを注《つ》ごうか」

「うん。――いつもはビールだから、急に大人になったみたいな気がするよ」

「そんな気がするうちは、まだ草は子供ってことだな」

「言ったたな、このやろ」

ほろ酔いの草が、じゃれて脇腹の辺りをつねってきた。笑って逃げながら、氷で満たしたワインクーラーからボトルを取って、草のグラスに注ぐ。

二十歳をもう過ぎたのに、万一のことを考えてお酒を飲めない自分が悔しい。すると、草はじっとこっちを見詰めてから、ワインの代わりにお茶を注いでくれた。

「おいしいワインは、俺が一人占めするよ。霧生の分も俺が飲んでやるから」

ワインをひといきに飲み干して、草は濡れた唇を、男らしく手の甲で拭《ぬぐ》った。もしかしたら彼に、悔しがっている心の中を読まれたのかもしれない。

「草……」

まるで酔っ払ったように、体の中が、かあっ、と熱くなっていく。草は優しいだけじゃない。無自覚に自分を甘えさせる、かっこいい人だ。

また草に魅了されて、何度も何度も、恋をする。草に初恋を繰り返す。

もう料理の味が分からなくなって、渇いた喉にお茶を流し込んだ。こんなに人をどきどきさせているくせに、草は気付きもしないで、好物のスペアリブに齧《かじ》り付いてご満悦だ。

「ほら、口元がソースで汚れてるよ。やっぱり草は子供だ」

何度も恋をさせる草に、紙ナプキンを渡してささやかな仕返しをしてから、自分もスペアリブを食べる。

午後の陽光に照らされたダイニングテーブルで、誕生日のパーティーは料理がなくなるまで続いた。食器を片付ける母親を手伝ってから、草の酔い覚ましをしに庭先へ出る。

「広い芝生、気持ちいい」

風に乗って飛んできたのか、芝生の上は桜の花びらでいっぱいだった。淡いピンク色の絨《じゅう》毯《たん》に二人で腰を下ろして、雲一つない空を見上げる。

草の誕生日に、自分ばかり満たされているんじゃないかと、心配になってしまいそうだ。

緩やかな春の風に二人で包まれたまま、桜の花びらに埋もれて、転寝《うたたね》をしたい。

「霧生、寒くない？　上着なしで平気？」

「平気だよ。酔っ払いの草と一緒にいるだけであったかい」

ふに、と草の火照った頬を摘《つ》まむと、そこから溶けるような笑みが広がっていく。彼の笑顔は、花が綻《ほころ》ぶ姿に似ていた。

「——桜の花びら、綺麗だな。どこで咲いてるんだろう」

「近くに花見ができる公園があるんだ。桜並木が、俺が入院していた病院まで続いてる」

「そっか。……病院、まだ検査で通ってるんだろ？」

「ああ。でも、今度から三ヶ月に一度行けばいいって」

「え？」

「主治医の先生が、どこにも異常はないって言ってた。だんだん検査の回数を減らして、いつかはそれもゼロになる」

「……本当……？」

「ああ。そうしたら、本当に本物の完治だ。俺がワインに挑戦できる日もすぐにくるよ」

「きりゅう……っ」

草の声が震えるのと同時に、彼の瞳が、突然潤み始めた。は、と息を詰めた自分の目の前で、透明な丸い雫《しずく》が、瞬《また》く間に彼の頬へと伝い落ちていく。

「草…っ？　どうしたんだ」

「ご、ごめん――。ごめんな、きりゅう。俺、ほっとしちゃって…。もうびょうきは治ったんだ、って、だいじょうぶだって、思おうとしたけど、どこかでまだ心配してた。きりゅうの心臓のことが、今日のお祝いの中で、いちばん、うれしい――」

ぽろぽろと零《こぼ》れ落ちる涙が、あんまり綺麗で、拭ってあげることもできなかった。

午前零時のメールより、ネクタイのプレゼントより、二人で暮らす約束より、母親の手料理より、草が喜んでくれたもの。とくん、とくん、と力強く鼓動するこの心臓が、草を泣かせて、とめどない涙の粒を溢れさせている。

自分はなんて傲慢《ごうまん》で、身勝手で、悪い人間なんだろう。草が泣いているのに、嬉しい。嬉しくて嬉しくて、鼻の奥がつん、と痛む。

「きりゅう、今おれ、きりゅうにすごく抱きつきたい」

泣きながら微笑んだ草が、自分の肩越しに家の方を見て、ひく、と喉《のど》を喘《あえ》がせた。リビングの大きな窓の向こうに、陶器のティーポットを傍らにして、ケーキを切り分けている母親が見える。

昔、母親が教えてくれた、赤い糸で結ばれた大切な人。その人が草だった、と、紅茶の湯気で白く霞《かす》んだ母親の横顔に、告白ができたらいい。

「草。こっちにおいで」

「……だめだよ。おばさんが、むこうにいるから」

「母さんに見られても怖くない。好きだよ、草。俺も草を抱き締めたいんだ」

きうう、と、もう名前も聞き取れないくらい、ぐしゃぐしゃな泣き顔をして、草は両手を伸ばしてきた。

優しくてかっこよくて、そして泣き虫な恋人を胸に抱き寄せ、ありったけの力で包み込む。草を想う気持ちは負けないつもりが、草に愛され、与えられているのはいつも自分の方だった。柔らかな彼の髪に埋めた自分の頬にも、いつの間にか涙が伝っている。

「きりゅう、霧生」

「草。今日一日で、何回も草に恋をしたよ」

「おれも……っ」

服の胸元を濡らした草の涙に、心臓ごと心を揺さぶられて、彼を抱き締めているだけで精一杯だった。眩暈を起こした自分の視界に映った、桜の花。風に舞うその花びらと戯れるように、赤い糸の蝶々結びが二つ、羽を広げて躍っている。

「――俺たちの蝶々結びが、本物の蝶々に見える」

ぐす、と洟《はな》を啜《すす》りながら、やっと泣き止んだ草が、自分の視線の先を追った。花びらの中に蝶々結びを探す、彼の澄んだ瞳が切ない。

でも、草は自分自身の糸が見えないことを、悲しがってはいなかった。

「こうすれば俺にも見えるよ」

静かに瞼を閉じて、両腕の中で丸くなる。微笑みを浮かべて胸に顔を埋める草は、陽だまりに佇《たたず》む猫に似ている。

「霧生は、二十歳の誕生日のお祝いをした時に、夢みたいだって、言ってくれただろ」

「ああ」

「あの時は大げさだと思ったけど、今ならそれが、本当だって分かる。俺は、霧生のそばにいると、いつもいい夢を見るんだ……」

ワインが回ってしまったのか、次第に小さくなっていく声が、吐息に掠れて、聞こえなくなった。くたり、と草の体から力が抜けて、重みが増していく。いとおしくて仕方ない背中を撫でている間に、彼の吐息は、寝息へと変わった。

「――あら。草くん眠っちゃったの？」

紅茶の香りの混じった風とともに、母親の声が背後から聞こえた。どきん、と鳴り響いた自分の鼓動に、トレーの上で奏でるカップやケーキ皿の音が重なる。

「せっかく草くんの好きなオレンジのパウンドケーキを焼いたのに。これじゃ食べられないわね」

「あ…後で食べるよ。母さん、何か掛けるものを持ってきて。俺は、動けないから」

「はいはい」

全身で草の枕になっている姿を見て、母親はくすくす笑っている。親友を飛び越えた自分たちの距離の近さを、どう思っているのだろう。緩く弧を描く母親の瞳には、何の怪訝《けげん》も、疑いもなかった。

「草くんのこと、これからも大切にしなさいね」

「――え？」

「覚えてる？　子供の頃に、あなたが見えると言ってたでしょう。小指の赤い糸の話。明央の糸と結ばれているのは、草くんじゃないかって、お母さんは前から思っていたのよ」

それだけ言って、母親はトレーを手に、家の方へと戻っていく。母親の言葉を頭の中で繰り返しているうちに、言い表すことのできない感情が次々と膨らんで、そして、新しい涙になって両目から落ちた。

「草。草が起きたら、もう一つプレゼントをあげるよ」

桜の頃に、生まれた君へ。

不思議な力を分け合い、出会って恋をした自分たちは、何も間違ってはいないこと。優しく降り続ける花びらのように、静かに見守っていてくれた人がいたことを、草にも早く知らせたかった。

END

あとがき

こんにちは。幻冬舎ルチル文庫さんでは初めてお目にかかります、御堂なな子と申します。このたびは『蝶々結びの恋』をお手に取っていただきまして、まことにありがとうございます。

この物語は、他人の左手の小指の赤い糸が見えるという不思議な力を持った草と、自分と草の赤い糸だけが見える霧生との、高校時代から始まる初恋ストーリーです。

赤い糸はボーイズラブ、男女ものを問わず、様々な作品で登場するポピュラーなアイテムだと思いますが、草のように結んだりできる人は少ないのではないでしょうか。草の場合はチョキで切ることもできるので、彼が自分の力を悪用するような人でなくて、本当によかったと思います。

今作に登場する赤い糸は、本人の心情や健康状態によって、つやつやしたりボロボロになったりする、まるで女性のお肌のような代物です。そして、二股をかけると赤い糸も二本になるという、夢があるんだかないんだか分からない物語になっています。

元気いっぱいの高校生たちの糸の中で、霧生の儚げな糸を初めて見た時、草はきっととても驚いたことでしょう。この時、霧生もまた、子供の頃から見えていた自分の糸の先に、蝶々結びで繋がった草の糸があることに気付いて、びっくりしたはずです。入学式の二人の出会いは、本編ではあまり詳細には書いていないのですが、想像するとすごく劇的だなあ、と思います。自分の文章で表現するより映像で見たい感じです。

自分の高校時代や大学時代と比べて、明らかに今作はピュアな子たちが多く登場しています。主人公の二人は言わずもがな、同級生たちもみんなピュアです。同窓会でグラウンドを走る霧生をみんなで応援したり、こっそり連絡を回して知恵を絞って誕生日のプレゼントを考えたり、こんな友達がいたら素敵だと思って書きました。二年二組の担任の山川先生も地味に好きです。教え子がみんないい子に育ちそうですよね。山川先生に教えてもらっていたら、私の数学の成績はもうちょっと上がっていたかもしれません（希望的観測で！）。

高校時代に一度離れた草と霧生は、大学生になってから、はっきりとした恋愛対象として、お互いのことを意識するようになります。草は自分の赤い糸が見えないので、一人で不安にかられて、霧生と本当の恋人にはなれないと感じて、身を引こうとします。霧生は霧生で、二十歳の誕生日まで待てなくて、フライングの告白をしてしまい、かえって草の心を掴み切れないまま曖昧な関係を続けることになりました。この辺りのシーンは書いていてとても辛く、キーボードを打つ指も重たくなって、なかなか先へ進みませんでした。登場人物の気持ちになって書き進める方なので、草と霧生が辛いと自分も……という状態です。もっと客観的にお話が作れたらいいのですが、まだその境地に達することができません。修行が必要のようです。

草と霧生の共通項は、揃いも揃って不器用で臆病。執筆中、こんなに自分が『がんばれ』と応援した主人公たちは初めてでした。でも、二人のくっついているのにくっついていると分かっていないもどかしさごと、この物語をお楽しみいただけたら嬉しいです。とてもゆっくりとした歩みの恋愛ですが、草と霧生らしくて、私はいとおしくてならないです。これからも二人で寄り添い合って恋をしていくと思いますので、応援してあげてください。

この作品を発表させていただくにあたり、イラストは鈴倉温先生にお願いさせていただきました。表紙の中の見詰め合う二人と、彼らのバックの蝶々結びが素敵です！　本文のイラストでは、草以外には見えない赤い糸の表現に大変熱心に取り組んでくださって、もう本当にありがたくて、鈴倉先生にお願いしてよかったと心から思いました。お忙しい中、たくさんのお力添えをいただきまして、ありがとうございました！

それから、日頃からお世話になりっぱなしの担当様。ネットの辺境でこっそり運営していた私のサイトを、うっかり見付けてくださってありがとうございます。担当様のご指導のもと、草と霧生は『野に咲く丸くてちっちゃい花と、しゅっとした背の高い花』のイメージで書かせていただきました。二人とも花なのは間違っていないと思います。これからも何卒よろしくお願いいたします。

私の本のあとがきには、Yちゃんという必ず登場するお友達がいます。ルチル文庫さんで本を出していただくことを知らせた時、誰よりも喜んでくれました。いつもありがとう。

そして、疲れた時の癒しの存在の家族、遠くで見守ってくださっている方々に、変わらない感謝の気持ちを伝えたいと思います。

最後になりましたが読者の皆様、今作をお目にとめてくださってありがとうございました！　ピュアな二人の物語を、少しでも楽しんでいただけたら何よりです。もしよろしければ、ご感想などをお聞かせください。今後の執筆の際の、栄養と励みにさせていただきたいと思います。

それでは、次回の作品でまたお目にかかれることを願っております。

御堂なな子

✦初出　蝶々結びの恋……………書き下ろし
桜の頃に生まれた君へ…書き下ろし

御堂なな子先生、鈴倉 温先生へのお便り、本作品に関するご意見、ご感想などは
〒151-0051 東京都渋谷区千駄ヶ谷 4-9-7
幻冬舎コミックス　ルチル文庫「蝶々結びの恋」係まで。

幻冬舎ルチル文庫

蝶々結びの恋

2013年3月20日　第1刷発行

✦著者　御堂なな子　みどう ななこ

✦発行人　伊藤嘉彦

✦発行元　株式会社 幻冬舎コミックス
〒151-0051 東京都渋谷区千駄ヶ谷 4-9-7
電話 03(5411)6432[編集]

✦発売元　株式会社 幻冬舎
〒151-0051 東京都渋谷区千駄ヶ谷 4-9-7
電話 03(5411)6222[営業]
振替 00120-8-767643

✦印刷・製本所　中央精版印刷株式会社

✦検印廃止

ISBN978-4-344-82796-7　C0193　Printed in Japan

幻冬舎ルチル文庫

大好評発売中

囚われの狼と初恋の鎖

榊 花月

イラスト▼鈴倉 温

幼い頃、避暑地で野犬に襲われそうになったところを相楽森哉という少年に助けられた斎京瑠加。大病院の理事長である父にねだって身寄りのない相楽を引き取らせ彼の人生を手に入れた瑠加だが、心までは自分のものにならないと知っていた。やがて成長した瑠加は父の跡を継がぬまま将来を決めかね、相楽は理事長の運転手として斎京家に仕えていたが!?

580円（本体価格552円）

臆病者は初恋にとまどう

みとう鈴梨

イラスト▼花小蒔朔衣

自信家で遊び人の射手谷は〝妹のカレシ〟と誤解され、初対面の男・秋季にいきなり殴られてしまう。幼い頃、両親が不仲だったせいで〝結婚〟を嫌悪している秋季は、自分の妹の婚約にも大反対。そんな朴念仁な秋季を、なりゆきで説得することになった射手谷は遊びに連れ回すうちに、恋も遊びも知らない秋季の不器用な純粋さに惹かれていき……。

580円（本体価格552円）

発行●幻冬舎コミックス　発売●幻冬舎

「幻冬舎ルチル文庫」

大好評発売中

「きっと優しい夜」

うえだ真由

イラスト▼金ひかる

同性にしか恋ができず、初めての恋人に裏切られ仕事を失い、恋に臆病になっている羽根理。今の仕事を懸命に頑張る理を、上司の堂上永貴は厳しく指導しながらも認め、理もまた、永貴を尊敬している。ある日、堂上に食事に誘われた理は、永貴から告白される。理は永貴の告白を受け入れ体を繋ぐが、その代りにある条件を出し……。

580円（本体価格552円）

「罪な輪郭」

愁堂れな

イラスト▼陸裕千景子

商社勤務の田宮吾郎は事件をきっかけに恋人となった警視庁のエリート警視・高梨良平と同棲中。ある日、義理の兄の十三回忌のため、田宮は北海道へ帰省することに。自分との関係をオープンにしてくれている高梨と同じように、家族に高梨を恋人として紹介したい田宮だったが……!? 描き下ろし漫画24Pを収録したシリーズ10周年記念特別編!!

580円（本体価格552円）

発行●幻冬舎コミックス　発売●幻冬舎

「幻冬舎ルチル文庫」

大好評発売中

「はじまりの熱を憶えてる」

きたざわ尋子

イラスト▼夏珂

政府管理下にある治癒能力者《ヒーラー》。彼らの力は無尽蔵でなく、使えば自然回復を待つしかない——実在が疑われるほどの希少な能力供給者《チャージャー》と接触し受け取る以外は。そんなチャージャーの力を、十八歳の泉流は有していた。箱庭めいた研究センターで安穏と暮らす泉流だが、精悍な面差しをしたもぐりのヒーラー・世良に攫われ、あらゆる「接触」を試されて……!?

580円（本体価格552円）

「学園の華麗な秘め事」

水上ルイ

イラスト▼コウキ。

エーゲ海の孤島に建つ聖イザーク学園。高級リゾート並の施設を誇りセレブの子息が集まるこの学園に、北大路圭は学校医として赴任した。無意識にフェロモンを振りまく圭は美形揃いの生徒たちに次々と言い寄られるが、根が真面目なため手は出さない。学生会会長・アレッシオの告白にも取り合わなかったが、数年後教師として戻った彼と再会して——!?

560円（本体価格533円）

発行●幻冬舎コミックス　発売●幻冬舎